Red Chronicle

레드 크로니클

FUSION FANTASTIC STORY

김현우 퓨전 판타지 소설

레드 크로니클 5권

김현우 퓨전 판타지 소설

초판 1쇄 찍은 날 § 2014년 1월 21일
초판 1쇄 펴낸 날 § 2014년 1월 29일

지은이 § 김현우
펴낸이 § 서경석

편집부장 § 권태완
편집책임 § 어정원

펴낸곳 § 도서출판 청어람
등록번호 § 제1081-1-89호
등록일자 § 1999. 5. 31
어람번호 § 제1-1760호

주소 § 경기도 부천시 원미구 심곡2동 163-2 서경B/D 3F (우) 420-822
전화 § 032-656-4452팩스 § 032-656-4453
http://www.chungeoram.com
E-mail § chungeorambook@daum.net

ISBN 978-89-251-3685-1 04810
ISBN 978-89-251-3523-6 (세트)

레드 크로니클

Red Chronicle

김현우 퓨전 판타지 소설

FUSION FANTASTIC STORY

5

도서출판 청어람

CONTENTS

제1장

태풍의 눈은 고요하다

"세상에 쉬운 일이 없군."

어색한 표정을 지은 티엘은 고개를 절레절레 저었다.

자신의 말에 얼굴을 붉히면서 자리를 벗어나기 급급하던 크레티아의 방금 전 모습이 떠올랐다.

그것은 마치 얼마 전에 있던 맞선 자리와 비슷했다.

화기애애한 분위기 속에서 이런저런 말을 주고받다가 어느 순간 얼굴을 붉히며 저렇게 자리를 벗어나고는 했다.

그때마다 실비아가 방방 뛰면서 소리를 치곤 했지만 티엘은 자신이 무엇을 잘못했는지, 무엇 때문에 상대가 그러는지 이해가 되지 않았다.

"튼튼한 후계자를 낳아줄 수 있을 것 같다는 말이 뭐가 충격적인지."

그의 입장에서는 정말 억울했다.

자신 딴에는 상대의 장점을 살린답시고 말을 했는데 돌아온 것은 상대의 당혹스러운 반응이었으니.

그렇다고 시간을 되돌릴 수도 없는 법.

도움을 받고자 했던 것은 크레티아였고, 자신은 그에 상응하는 것을 요구했을 뿐이다.

"어떻게든 되겠지."

한 여인을 경악으로 몰아넣은 걸 모른 채 티엘은 태연하기만 했다.

아홉 명의 절대강자 중 한 사람인 블레임 왕국의 카젤 국왕을 꺾은 것은 로운 백작가에게 무형적인 이득을 얻게 해주었다.

그중 하나가 바로 티엘의 존재감이었다.

게카스 백작을 꺾으면서 알려졌던 그의 이름은 제국 내에서 확고하게 자리를 잡았으며, 그 영향력은 주변 지방에 미칠 정도로 강렬해졌다.

이러한 여파를 모를 군사부가 아니었다. 켄드를 중심으로 제이론과 토릭슨은 자신의 생각을 털어놓으며 의견을 교환해 나갔다.

"이번 전쟁은 오히려 큰 도움이 되었습니다."

"하지만 보완할 점이 많아. 주군의 실력은 외부에 알려지는 것보다 알려지지 않았을 때가 더 활용할 폭이 많다. 이렇게 알려지면 앞으로 적들도 치밀하게 준비할 테니 결과적으로 우리에게는 좋지 않아."

긍정적으로 반응하는 제이론과 부정적으로 반응하는 토릭슨의 생각은 서로 달랐다.

"그로 인해 적들을 압박할 수단이 생기지 않았습니까?"

"그건 좋지만 과연 그 후에도 좋을지 여부에 대해서는 모르겠군."

"확실히 그 부분은 간과할 수 없습니다. 하지만 주군의 강함은 헤셀 백작가의 진군을 멈추게 만드는 결과를 만들어냈습니다. 지금은 이것을 적극적으로 활용할 기회라 보고 있습니다."

"그렇지, 무주공산인 아이주 지방으로 진격하는 걸 멈춰 세운 것만으로도 충분한 가치가 있어."

갑작스러운 블레임 왕국의 침공으로 아이주 지방을 편입시키는 계획은 수포로 돌아갔지만 이번 전쟁으로 헤셀 백작가의 진군을 멈춰 세우는 결과를 낳았다.

절대강자!

그 이름 하나만으로 강렬한 압박을 주는 존재는 흔치 않다.

그동안 소문만 무성하던 티엘이 직접 성과를 보임으로써 더 이상 누구도 그 실력에 대해 이견을 제시할 수 없게 된 것이다.

"저는 전력을 정비하는 데 집중하고 아이주 지방은 간접적인 영향력을 행사하여 자체적으로 헤셀 백작가의 진군을 저지하는 것이 좋다고 생각합니다."

"나는 다르다. 한 번 흘러들어 온 기세는 거센 불꽃처럼 타오르게 마련, 무리가 따르지만 이 기회를 틈타 아이주 지방을 복속시켜 헤셀 백작가를 향한 저지선을 완성해야 한다고 생각한다."

"헤셀 백작가와의 대치는 우리에게 많은 것을 주지 못할 것입니다."

"헤셀 백작가는 풍요로운 대지, 국가의 반석을 다지기 위해서는 그곳을 점령하는 것이 가장 이상적이다. 헤인조 지방과 아이주 지방, 노이안 지방을 차지하면 그 어떤 곳도 넘볼 수 없는 힘을 갖게 될 것이다."

"그 말씀은 맞습니다. 다만 저는 시일이 중요하다고 생각할 뿐입니다. 형님의 그 말씀은 일견하기에 모두 옳지만 정말 개인의 감정이 담겨 있지 않다고 확신할 수 있습니까?"

"……."

날카로운 제이론의 말에 한순간 꿀 먹은 벙어리가 되고 말았다.

복잡한 생각이 머릿속에 소용돌이쳤다. 자신의 주장이 사적인 감정을 배제하고 말을 한 것인지, 그 여부에 대해 생각할수록 인상은 일그러지기만 했다.

"…확신한다. 지금 이 기세를 이용하는 것이 최선이다."

"형님께서 그렇게 생각하시니 알고 있도록 하겠습니다. 하지만 저는 여전히 신중을 기해 하나씩 확실하게 일을 처리해야 한다고 생각합니다."

끝가지 의견을 굽히지 않은 제이론의 시선이 켄드에게 향했다.

기본적인 전략 수립은 그들이 월등한 우위에 서 있으나, 전체적으로 전략을 아우르는 것은 켄드를 따를 자가 없었다.

"둘의 말 모두 틀리지 않다. 그렇다고 어느 한쪽의 의견을 전적으로 따르는 것은 어렵군. 각자의 계책마다 장단점이 있기 때문이다. 동감하나?"

"예."

"물론입니다."

"당장 군을 움직이는 것은 여러 가지 상황을 고려할 때 어려운 일, 하여 나는 둘의 의견을 모두 수렴하여 각자 작전을 수행하는 것이 어떨까 싶군."

과감함을 바탕으로 임기응변 계책으로 상황을 헤쳐 나가는 토릭슨과 철저하게 계획을 세워놓고 하나씩 실현해 나가는 제이론의 계책 모두 버리기 아까운 것이었다.

켄드의 말을 이해하지 못하던 그들은 각자 수행이란 말에 눈을 빛냈다.

"각자……?"

"어느 누가 더 큰 성과를 거두는지 보면 드러나지 않겠는가? 누가 더 뛰어난 계책을 내놓은 건지. 단, 상대를 방해하지 않는 것을 전제로 해야겠지."

노골적으로 경쟁을 붙이는 태도였지만 그들 모두 나쁘게 여기지 않았다.

어느 하나가 확연히 우위를 점하지 못한다면 겨뤄서 우열을 가리면 되는 것이다. 한 번도 자신이 상대에게 뒤처진다고 생각한 적이 없는 만큼, 토릭슨과 제이론의 눈에 불꽃이 일렁였다.

"나쁘지 않습니다."

"받아들이겠습니다."

"주군에게 전하도록 하지."

켄드의 입가에 희미한 미소가 번져 나갔다.

티엘과 대화를 나눴던 크레티아는 한동안 방에 틀어박혀 두문불출했다.

그것이 며칠 동안 지속되자 그녀가 걱정되었던 로웰린이 방문했다.

"무슨 일이 있니?"

"……."

"대체 왜 그러는 거야? 가문 일이야? 아니면 다른 큰일이라도 일어난 거야?"

아스트롱 공작가의 상황이 좋지 않다는 것을 알고 있었기에 조심스럽게 물었지만 크레티아는 조용히 고개를 저어 보일 뿐이었다.

그럴수록 그녀의 답답함은 더욱 커져만 갔다. 한동안 침묵을 지키던 크레티아는 조용히 앉아 입을 열길 기다리는 로웰린에게 말을 꺼내 들었다.

"언니의 말대로 가문의 상황이 좋지 않아요. 하지만 아직은 버틸 만해요. 그래도 가문이 걱정되는 것은 어쩔 수가 없어요."

"알아, 나도 그런 상황에 처한 적이 있었어. 그땐 나도 정말 힘들었거든."

"가문이 위기에 처해서 이러는 게 아니에요. 제 아버님을 믿고, 오라버니를 믿었기에 위기에 처하더라도 어떻게든 벗어날 수 있을 거라 생각했어요. 그래도 저는 불안했어요. 그래서 로운 백작님께 찾아가서 도움을 청했어요."

"그래서?"

그것이 주된 이유라는 것을 눈치챈 그녀가 눈을 빛내며 재촉했다.

한숨을 푹 내쉰 크레티아가 대답했다.

"백작님은 제 요청을 받아들여 주셨어요."

"그럼 다행 아니야?"

라이오너 후작가와 위클린 공작가의 힘이 강하지만 절대 강자인 티엘이 버티고 있는 로운 백작가의 힘은 제국 전역을 울리고 있다.

수세에 몰린 아스트롱 공작가에 큰 힘이 될 것이 분명한데 그녀가 근심 어린 표정을 짓는지 이해가 되지 않았다.

"백작님은 대가를 요구하셨어요."

"그분이?"

"세상에 공짜가 없다고 하셨으니까요. 저도 알고 있으니 무엇을 원하는지 물어봤죠. 그리고 백작님이 원하는 것은⋯ 제 몸이었어요."

"⋯⋯"

쫘르릉.

로웰린의 뇌리에 벼락이 연이어 내리쳤다. 마치 둔기에 맞은 것처럼 머리가 어지러워지는 것이 느껴졌다. 여자에 눈곱만큼 관심도 없던 티엘이 설마하니 크레티아의 몸을 요구할 줄 몰랐던 것이다.

'그래서 날 밀어낸 건가요?'

마음이 철렁 내려앉으며 슬픔이 가득 채워 나가기 시작했다.

조금씩 다가가고자 했지만 그런 자신의 바람은 헛된 것에 불과했다.

"괜한 착각은 하지 마세요."

"착각이라니?"

"그분이 제 몸을 원한 건 제게 욕정을 품어서도 아니고, 아스트롱 공작가가 주는 가문의 매력 때문도 아니에요."

"그럼 뭔데?"

저도 모르게 날카로운 목소리로 되묻던 로웰린이 몸을 움찔 떨었다.

그 모습을 본 크레티아의 입에 옅은 미소가 걸렸다.

"이제 보니 언니도 여자가 맞네요. 언니가 질투심을 드러낼 줄 몰랐어요. 백작님이 저를 원한 이유는 간단해요. 평소에 검술을 열심히 수련했으니 튼튼한 후계자를 낳아… 줄 것 같다는 이유예요."

"그, 그게 무슨……."

황당하기 그지없는 말에 로웰린은 차마 말을 잇지 못했다.

제국 사대미녀의 일인이자 공녀인 그녀의 미모와 배경이 아닌, 단지 아기를 잘 낳아줄 것 같다는 이유 때문이란다.

"자괴감이 들었어요. 나도 이 정도 외모라면 남자에게 어필하는 것은 문제가 아닐 거라 생각했는데."

"크레티아는 아름다워. 당장 여자인 나만 해도 반하겠는걸?"

화려한 그녀의 미모는 남자의 넋을 앗아가기에 부족함이 없었다. 로웰린은 그 사실을 잘 알고 있었기에 상심에 빠진 그녀를 설득하고자 했다.

"언니에게라도 그렇게 보이니 다행이라고 생각해요. 하지만 그분에게는 아니잖아요. 제 말이 틀린가요?"

"…사실 나도 그 부분에 대해서 많은 의문을 가지고 있어."

차마 꺼내놓기 힘들었던 말.

겉으로 내색하지 않았지만 은연중 가지고 있던 미모에 대한 자부심을 산산조각 낸 것이 다름 아닌 티엘이었다.

"그래서 마음을 굳히려고요."

"정말?"

"언니를 제치고 백작님의 마음을 차지하기로."

"……"

당돌한 그녀의 선언에 로웰린은 할 말을 잃어버린 채 멍하니 그녀를 바라보았다.

"정말 멋대가리라고는 하나도 찾아볼 수 없는 대화 센스를 지녔지만 백작님과 대화를 나누면 편안함이 느껴져요. 아스트롱 공작가의 공녀라는 허울에 얽매일 필요도 없고, 제국 사대 미녀라는 칭호를 활용하여 달려들 필요도 없죠. 잠시나마 실의에 빠졌지만 백작님은 절 홀가분하게 만들어줬어요. 공녀란 것도, 미녀란 것도 모두 내려놓은 한 사람으로서 대우받은 느낌? 물론 그 대우가 좋지는 않지만요. 언니는 그렇지 않은가요?"

"나? 나, 나는……."

아니다, 다른 이유라고 말을 하고 싶었다.

어디까지나 자신이 티엘에게 호기심을 갖게 된 것은 아버지를 도와준 것에 대한 고마움이었고, 한 번 한 말을 끝까지 지켜내는 믿음직한 모습에 감명을 받았기에 그렇다.

하지만 그녀는 굳이 그 말을 할 필요성을 느끼지 못했다.

어떤 형태의 매력을 말하든 간에 크레티아의 호기심을 자극할 이유 하나를 늘려주는 것뿐이라는 생각이 머릿속을 스치고 지나갔던 것이다.

"다른 방향은 없다고 생각해요. 그렇다면 남은 것은 단 하나, 저는 제 능력을 모두 발휘해서 백작님께서 제게 반하도록 만들 거예요. 그것이 설사 이 얼굴과 몸을 사용하는 한이 있더라도."

"정말 그렇게까지 할 거야?"

"제가 못할 것 같나요?"

정말 할 것 같았다. 실제로 그녀에 대한 평가는 자신의 미모를 적극적으로 활용할 줄 아는 가시 박힌 꽃이라는 점이었다.

이대로 뒤처질지도 모른다는 두려움이 로웰린의 전신을 휘감고 지나갔다.

"그러니 멋진 경쟁을 해봐요, 언니."

그렇게 말을 하고 있지만 그녀의 태도는 마치 승자의 것마냥 자신만만함 그 자체였다.

이미 자신의 승리를 확신하고 건네는 말이란 걸 알았지만 로웰린은 기분 나쁜 표정을 드러내지 못했다.

하지만 깊게 침전되는 두 눈만큼은 그녀의 의지를 드러내고 있었다.

'나도 절대 물러서지 않을 거야.'

'지지 않을 거예요.'

한 남자를 둘러싼 두 여인의 불꽃 튀는 대결이 벌어지는 순간이었다.

티엘이 카젤 국왕을 상대로 승리를 거두면서 제국 전역이

들썩이게 만들었다. 꽁무니를 말고 허겁지겁 도망가는 카젤의 모습은 소문이 퍼지고 퍼져 종래에는 압도적인 실력으로 어렵지 않게 제압했다는 형식으로 바뀌어 있었다.

이러한 소문을 가장 민감하게 받아들인 것은 제국의 귀족들이었다.

리그디스 공작을 몰아낸 클레디오 백작은 자타가 공인하는 제국의 최강자였으며, 새로운 절대 강자의 등장은 자칫 그의 기분을 건드릴 수 있는 사안이었던 것이다.

강력한 권력 통제로 휘하 귀족들의 두려움 대상이었던 리그디스 공작이지만 요즘만큼 귀족들이 좌불안석이었던 적은 없었다.

대신하여 권력을 잡은 클레디오 백작은 물욕이 거의 없었고, 오로지 자신의 자택에 틀어박혀 수련에 매진하는 것이 하루의 전부였던 것이다.

군림하되 통치하지 않는 그의 지배 방식은 중앙 귀족들의 혼란을 부추겼고, 나아가 공백을 차지하기 위한 치열한 권력 다툼을 조장했다.

오늘의 아군이 내일의 적으로 돌변하는 경우가 허다했으며, 히드로 2세는 자신의 역량을 발휘하여 귀족들을 포섭하려고 했지만 힘을 잃은 황제를 모시고 침몰하려는 배에 타려는 귀족은 극소수였다.

혼돈 그 자체.

황도에 거주하는 백성들은 느끼지 못하는 사실이지만, 정계에 몸을 담고 있는 귀족들이 체감하는 것은 그 이상이었다.

이러한 각축전이 벌어지고 있는 와중에 클레디오 백작은 자택에서 수련하며 전해지는 소문을 들을 수 있었다.

"절대강자라……."

자신을 묶어 다른 강자들과 함께 절대강자라 칭하는 것 정도는 알고 있었다.

단지 그에 대해 별 관심이 없었기에 아무런 움직임을 보이지 않았을 뿐.

그중 한 사람인 카젤 국왕이 티엘의 검에 꺾였다는 소식을 알게 되었지만 그의 표정에는 별다른 반응이 없었다.

"당연한 결과일 뿐."

드러난 사실을 온전히 믿지 못하는 머저리들과 달리, 클레디오 백작은 이미 예전부터 티엘이 지닌 위험성을 꿰뚫어 보고 있었다.

잘생긴 청년의 탈 속에 숨겨진 폭력성.

전신을 짓밟고 뭉개 버리며 피와 살을 취할 듯 날 선 살기를 제어하고 있는 티엘의 존재는 클레디오 백작이 만난 어떠한 인물들보다 위험했다.

그가 무슨 생각을 하고 있고, 무슨 의도로 웅크리고 있는지는 중요하지 않았다.

딱 하나 알아야 하는 점은 그의 진실한 실력을 눈치챈 자가 대륙을 통틀어 오로지 자신 하나뿐이라는 사실이다.

정면으로 맞붙어도 쉽지 않을 것 같다는 생각이 든 게 티엘이 처음이었다.

그래서 클레디오 백작은 더 큰 힘을 손에 넣고자 했다.

때때로 알 수 없는 현상이 일어나며 들끓던 기운은 자신이 지닌 힘의 원천이었고, 그것을 온전히 얻고자 자택에 틀어박혀 수련에 매진했다.

누가 권력을 차지하고, 누가 쫓겨났든 그의 관심 밖이다.

어차피 절대적인 힘 앞에서 그들이 쥔 권력은 허망하게 바스라질 모래성일 뿐.

그의 시선은 처음부터 남쪽, 로운 백작령을 향하고 있었다.

"이 힘, 이 힘을 내 것으로 만들어야 한다. 결과는 그다음일 뿐."

클레디오 백작의 주먹에 힘이 들어갔다.

티엘의 실력은 제국 안팎으로 커다란 충격을 낳았지만 로운 백작가에 별다른 충격은 없었다.

마치 처음부터 그의 실력을 알고 있었던 것 같은 모습이지만 실제로 그 놀라움을 표현할 수 있는 허용 한계치를 뛰어넘었기에 그렇다.

야심한 밤, 렉스터 남작의 거처를 방문한 마블론이 딱딱하게 굳은 표정으로 질문을 던졌다.

"주군의 실력을 알고 있었는가?"

"대단한 수준이란 건 알고 있었지만 그 정도일 줄은 몰랐습니다."

"절대강자라니, 하하! 내가 평생 수련을 하더라도 그 경지를 오를 수 있을지 확신할 수 없거늘. 주군이 벌써 그 경지에 오르다니."

절대강자라는 정의는 오러 블레이드를 자유자재로 다루며, 인품과 인지도를 고루 갖춘 이들에게 주어지는 마스터와 같은 것이 아니다.

그들은 걸어 다니는 전략병기이며, 나아가 단신으로 적의 군단을 분쇄할 수 있는 초인이었다.

이미 인간이라 정의하기 힘든 존재감은 전설 속 그랜드 마스터로 향하는 일부분이라 칭해질 뿐이다.

"처음 영주의 자리에 오르실 때 한동안 칩거하고 계셨습니다. 그리고 역적들을 일격에 쓸어버리셨지만, 설마하니 카젤 국왕을 물리칠 줄이야, 허허!"

카젤 국왕이 보인 신위는 절대강자라는 말이 부족하지 않았다.

용병 출신이기에 다듬어지지 않은 거친 면모는 주변 적을 모조리 파괴해 버리는 폭탄 그 자체였다. 남쪽에 블레임 왕국이란 국가를 세우고, 용병왕이란 칭호를 얻은 것만으로도 그 위명을 증명하기에 충분하다.

　"절대강자를 곁에 두고 활용하지 못했으니, 이보다 더 어리석은 모습이 어디 있나. 그까짓 술보다 더 중요한 것을 발견했는데."

　"대련을 신청하실 생각입니까?"

　"물론! 내 실력을 더 발전시켜 줄 수 있는 사람을 발견했으니까."

　"주군께서는 손속의 자비를 모르십니다. 지금이라도 다시 생각해 보시는 것이 어떻습니까?"

　"나보다 더 강자에게 목숨을 잃는 것도 검사에게 있어 명예로운 일. 제아무리 자비가 없지만 설마하니 내 목숨을 취하겠나, 하하!"

　"……."

　마블론은 자신이 가문 내에서 지닌 가치를 알기에 웃음을 지었지만, 앞뒤 가리지 않고 일을 벌이는 티엘의 행동을 알고 있는 렉스터 남작으로서는 뭐라 말을 하기 힘들었다.

　전력을 다한다고 하면 정말 전력을 다하는 것이 티엘이란 인물이다.

"부디 조심스럽게 임하시길."

"나만 믿게, 내가 수월하게 대련을 펼친다면 그다음 수혜자는 남작이 될 테니."

"…예에."

그다지 내키지 않았지만 억지로라도 웃으면서 고개를 끄덕이는 것이 그가 할 수 있는 최선이었다.

며칠 후, 티엘에게 대련을 신청했다가 오른팔이 잘릴 뻔한 마블론의 모습은 가문 내에 암암리 퍼져 나가기 시작했다.

블레임 왕국과의 전쟁에서 그윈은 혁혁한 전공을 세웠다.

젊은 나이임에도 완숙한 검술을 펼칠 줄 아는 그의 실력은 젊은 세대 중에서 최고로 꼽힐 만큼 눈부신 발전을 이루게 되었다.

하지만 그가 펼친 신위는 별다른 반향을 일으키지 못했다.

비슷한 나이이자, 그가 모시기도 하는 주군, 티엘이 카젤 국왕을 꺾는 성과를 이뤄놓은 것이다.

그것을 두 눈으로 목격하는 순간, 그윈은 아득한 절망에 빠져들었다.

"제길, 제기랄! 으아아아! 망했어! 망했다고!"

손에 잡히는 것을 닥치는 대로 던지면서 그는 밑에서 끓어오르는 자신의 감정을 충실하게 드러냈다.

그것은 자신의 실력을 선보였음에도 별다른 조명을 받지 못해 열이 받았다거나 그런 게 아니다.

단지 자신이 절대 벗어날 수 없는 그물에 걸려들었다는 것을 알게 됐을 뿐.

티엘이 대륙에서 단 아홉 명밖에 없는 절대강자이며, 제국 내에서도 비견되는 이가 둘밖에 없다는 사실은 세상이 무너졌다는 것보다 충격이었다.

다시 말해 영지 내에서 그를 제지할 수 있는 사람은 아무도 없다는 뜻이다.

"게다가 그게 전력이라는 걸 어떻게 알아? 그냥 절대강자 한 명을 꺾었을 뿐이잖아!"

그의 끝없는 전력을 잘 알고 있는 그윈이었기에 절망감은 더욱 클 수밖에 없었다.

착실히 실력을 갈고닦아 미래에는 가문 내에서 목소리도 높이고, 좀 더 당당하게 살아가고 싶었던 계획이 산산조각 나는 순간이었다.

그렇다고 가문을 떠날 수 없는 노릇이다.

자신이 태어나서 자라오고, 오로지 로운 백작가에 충성하기 위해 어린 시절을 보냈고, 그렇게 다짐을 되새기며 하루하루를 보냈다.

때때로 대우가 좋지 않아 자신을 대우해 줄 가문을 찾아 떠나는 기사들이 있지만 그원에게는 꿈도 꾸지 못할 경우였다.

하나는 가문에 대한 절대적인 충성심이었고, 다른 하나는 사랑하는 여인의 존재였다.

주군의 동생이자, 자신이 가장 사랑하는 여인인 실비아는 그가 가문을 벗어날 수 없는 절대적인 이유였다.

"이참에 내 뜻을 확실하게 전해야겠어."

티엘이 새로운 절대강자의 자리를 채우게 되면서 대다수의 가신들이 찾아가 축하의 인사를 건넨 상황이었다.

그가 이런 허례허식을 좋아하지 않는다는 것을 알고 있지만 미래의 손위처남인 만큼 확실하게 할 것은 확실하게 짚고 넘어가는 것이 좋다고 생각되었다.

마음을 먹은 즉시 행동으로 옮긴 그는 티엘의 집무실로 향했다.

평소와 다를 바 없이 귀찮은 기색으로 느릿하게 집무를 처리하고 있는 모습은 세상 물정 모르는 영주 그 자체였다.

그 이면에 가려진 폭군의 모습은 가공할 정도로 소름 끼치는 것이기에 그원은 침착하게 마음을 가다듬으며 예를 취했다.

"오랜만에 뵙습니다, 주군."

"무슨 일이지?"

"지난 전쟁의 결과 때문에 찾아뵙게 되었습니다, 축하드립

니다."

"아아."

"이제 가문이 높은 곳으로 날아오를 일만 남은 것 같습니다."

익숙하지 않은 아부였지만 사실을 나열하면서 미래의 모습을 설명하니 그럴 듯한 말이 만들어졌다.

'이제 보니 나도 제법 아부에 재능이 있었군.'

시답지 않은 생각을 하면서 티엘의 다음 말을 기다리는 그원이었다.

그런데 돌아온 대답은 예상했던 것과 정반대의 것이었다.

"할 말은 그것뿐?"

"그, 그렇습니다만?"

떨떠름한 표정으로 고개를 끄덕이며 대답했지만 티엘은 가늘어진 눈으로 그원을 살폈다. 그러다 입꼬리를 말아 올리며 말했다.

"너도 마블론처럼 대련을 원해서 찾아온 것이로군."

"……!"

소스라치게 놀란 그원은 소리 없는 비명을 지르고 말았다.

마블론이 대련을 신청했다가 곤죽이 되었다는 소문은 가문 전체를 뒤덮고 있는 중이었다.

창백해진 그의 얼굴을 아랑곳하지 않은 티엘이 자리에서

일어났다.

"당장 준비하도록 하지."

"괘, 괜찮습니다. 저는 정말 괜찮습니다, 주군!"

그에게 손속의 자비란 없는 것과 같다는 것을 가장 먼저 몸으로 알게 된 것이 그원이었다. 부족한 자신의 실력을 믿고 한 방 먹이겠다는 알량한 생각 따위는 애당초 존재하지 않았다.

"그렇게 격하게 반응하는 걸 보니 어느 정도 생각이 있었군."

"저는 정말……."

"잔말 말고 연무장으로 가지."

"크윽!"

자신의 말을 전혀 들어주지 않는 행동에 그윈은 절망스러운 표정을 짓고 말았다.

그렇다고 앞장서는 티엘을 두고 볼 수만 없는 노릇.

도축장에 끌려가는 소마냥 양어깨를 축 늘어뜨린 채 연무장으로 향할 수밖에 없었다.

연무장에서 도착한 티엘은 아무 말도 하지 않은 채 조용히 검을 뽑아 들었다.

잔뜩 긴장한 그윈도 조심스럽게 검을 뽑아 경계태세를 취했다.

방금 전까지 대화를 주고받았지만 단지 검을 뽑은 것만으로 전해지는 그의 기세는 상상을 초월하고 있었다.

숨이 턱턱 막히는 느낌에 그윈이 잔뜩 긴장할 무렵, 티엘이 입을 열었다.

"난 복잡한 것을 싫어한다."

"……."

"영지를 다스리고 헤인조 지방을 지배하는 것은 귀찮은 일이지. 난 이 영지도, 모든 대인 관계도 귀찮은 짐에 지나지 않는다. 알고 있나?"

"저는 잘 모르겠습니다."

고개를 저은 그윈이 솔직하게 대답했다. 티엘이 유능한 가신에게 일을 맡기는 것은 알고 있었지만 그 진의가 귀찮음에 있었다는 건 처음 알게 되었다.

"너에게도 큰 기대를 하고 있지. 렉스터 남작이나 마블론은 결국 현 시대를 살아가는 인물. 하지만 미래는 네가 이끌어 나가게 되겠지."

"무슨 이유로 이런 말씀을 하는 건지 모르겠습니다."

"느려."

"예?"

"내가 생각한 것보다 발전이 느리다. 실비아가 너를 응원하고, 마블론이나 렉스터 남작에게 수련을 부탁한다고 해서 내가 널 특별히 여기는 거라 생각하나?"

"그건……."

거침없는 티엘의 말에 속이 탁 막히면서 분노가 치밀어 올랐지만 꾹 억눌렀다. 자신의 발전이 느리다는 것은 상식선에서 말도 안 되는 소리지만 눈앞의 괴물을 보면 그 말이 당연하게 여겨졌다.

하지만 그도 나름대로 할 말이 있었다. 재능을 갈고닦아 실력을 높였으며, 생사를 넘나드는 대련을 통해 발전을 해왔다.

"최선을 다하고, 목숨을 걸도록. 네가 살아가는 이 시대는 그 정도 실력으로 자부심을 가지고 살아갈 만큼 호락호락한 곳이 아니다."

파파파팟!

푸른 오러가 사방에 뻗어나가면서 강렬한 기세가 외부에 드러나기 시작했다.

"읏!"

전신을 압박당한 그의 입에서 신음이 흘러나왔다.

티엘의 입꼬리가 말려 올라갔다.

"보이지 않는 것보다 보이는 것에 더 익숙하다는 뜻이로군."

"큭!"

그윈은 티엘이 무슨 말을 하고자 하는지 알아차릴 수 있었다.

눈에 보이는 것보다 보이지 않는 것이 더 은밀하고 무서운 법. 방금 전까지 무형화된 기운은 알아차리지 못했지만, 유형화된 기운은 드러난 즉시 위협을 느꼈다. 이는 당장 눈앞의 것만 바라보는 자신의 낮은 경지가 백일하에 모습을 드러낸 것과 같았다.

"의지를 보여라."

전신이 짓눌리는 것처럼 강렬한 압박감에 그원의 눈매가 사정없이 일그러졌다. 직감적으로 그것이 자신에게 주어진 시험이라는 것을 눈치챈 그원은 이를 꽉 깨물었다.

내부에 요동치는 마나를 안정시키면서 조금씩 기세를 외부로 발산하기 시작했고, 억눌린 기운은 한순간 거대한 고함이 되어 외부로 폭사했다.

"크읍! 크아아아아!"

"나쁘지 않군."

자신이 만들어놓은 껍질에 안주하지 않고 외부를 향해 포효를 터뜨리는 모습을 보며 티엘의 입꼬리가 말려 올라갔다.

그렇게 더 강해지고 더 강해져라.

'그래야 내가 편히 쉬는 날이 빨라질 테니.'

눈을 빛낸 그가 그원을 더 혹독하게 굴리기 시작했다.

제2장
히드로 2세의 무리수

그날의 만남은 그윈에게 있어 한 단계 더 앞으로 나갈 수 있는 계기가 되어주었다.

검을 맞대는 것이 아닌 절대강자의 기운을 접한다는 것.

그 존재감 하나만으로 범인은 정신을 잃고 쓰러질 만큼 강렬했다.

엑스퍼트의 경지에 오른 기사라고 해서 크게 다르지 않았다. 마나를 외부로 유형화시킬 수 있는 그들은 범인과 상상을 달리하는 힘을 발휘하지만, 절대강자 앞에선 범인과 다를 바 없는 위치에 서게 된다.

티엘의 압박감은 그윈이 단 한 번도 겪어보지 못한 매서운 것이었다.

그대로 극복하고 타협을 했다면 그 재목이 꺾였을 테지만 그윈은 티엘의 도발에 분노하고, 인내하며 마침내 자신의 한계를 뛰어넘는 데 성공했다.

앞으로 발전 속도가 빨라질 것은 물론, 한 번도 외부에 드러내지 않았던 티엘의 포부를 알게 된 만큼 그윈은 확실한 자신의 사람이 된 셈이다.

하지만 아직 난관은 존재했다.

콰앙!

집무실 문이 열리면서 무시무시한 기세를 발산하는 한 사람이 안으로 들어왔다.

그것은 마치 전생에 마계에서 넘어온 마왕보다 더 강렬한 기세를 발산하는 인물.

바로 그윈과 미래를 약속한 사이이자, 유일하게 티엘을 구박하는 인물, 실비아였다.

흉신악살처럼 처참하게 일그러진 표정으로 들어온 그녀가 목소리를 높였다.

"오라버니!"

"무슨 일이냐?"

"정말 몰라서 그러는 건가요? 아니면 내가 직접 말해주길 원하는 건가요?"

"짐작은 가지만 이유를 들어야 한다면 네 입에서 듣고 싶
군."

"좋아요, 오라버니가 굳이 제 입으로 듣고 싶다면 제가 말
하도록 할게요."

말을 멈춘 실비아는 짧게 호흡을 했다. 제 딴에는 거친 말
이 나올까 싶어 속을 삭이고 있는 것임이 분명했다.

"그윈 경! 대체 어떻게 된 거죠?"

"그윈은 어떻게 되었지?"

"제가 먼저 물었잖아요! 대체 무슨 짓을 하셔서 그윈 경이
그렇게 된 거예요?"

"굳이 말하자면 그에게도 좋고, 가문에도 좋은 일이다. 종
래에는 네게도 나쁘지 않은 일이겠지."

아리송한 말이지만 누구에게도 나쁜 말은 아니었다. 하지
만 그것만으로 사흘째 정신을 차리지 못하고 있는 그윈의 상
태가 해명되는 것은 아니었다. 재차 표정을 굳힌 실비아가 티
엘을 재촉했다.

"자세히 말해 봐요."

"간단하게 말하면 마음의 벽을 넘은 거다. 그동안 자신이
알고 있던 상상을 뛰어넘음으로써 마음에 타격을 입은 거지.
대개의 경우 마나가 폭주하면서 폐인이 되어버리지만 그윈은

그 고비를 넘겼다. 깨어나지 못하는 것은 당장 몸에 부담이 되는 것을 알고 의지가 그를 깨우지 않고 있는 거고. 더 높은 단계로 나아가기 위한 준비 기간이라고 생각하면 된다. 깨어나면 빠른 발전을 이룰 수 있을 테니."

"그리고 그 행동을 한 건 오라버니고요?"

"그런 셈이지."

"······."

흔쾌히 대답하는 티엘의 태도에 실비아는 아무 말도 하지 않았다. 그러다 이내 분노를 폭발시키면서 앙칼진 어조로 외쳤다.

"이 오라버니야! 지금 그게 잘했다고 하는 말이야? 잘못하면 폐인이 된다며! 그윈 경은 가문에서도 얼마나 뛰어난 유망주인데 폐인으로 만들려는 거야! 지금 그게 제대로 된 생각이냐고!"

"결과가 좋으니 된 거 아닌가?"

"좋긴 개뿔이! 난 전혀 안 좋거든? 그딴 소리로 넘어갈 생각 마!"

당장에라도 달려들 것처럼 몸을 들썩이는 모습을 보면서 티엘은 고개를 절레절레 저었다. 자신이 번거로움을 감수하고 가문의 힘을 키우려는 이유가 무엇인지 모르는 그녀에게 더 이상 말을 해봤자 무의미하다는 생각만 들었다.

"알았다, 내가 졌으니 네가 원하는 걸 말하도록."

"이제 그만 인정해줘!"

"그윈을 인정하라고?"

"그딴 건 필요 없어! 내가 원하는 건 가문의 주인인 오라버니의 혼인 승낙이라고!"

"너는 그윈이 제 스스로 널 데려갈 위치에 섰다고 생각하나 보군."

"난 괜찮아! 조건에 얽매여서 마음 놓고 서로의 손도 잡지 못하는 것만큼 어리석은 행동은 없다고 생각하니까."

당찬 그녀의 음성은 전보다 한층 성장했음을 알려주고 있었다.

잠시 그 모습을 지켜보던 티엘은 조용히 고개를 끄덕였다.

"네 의지가 그러하다면 막을 생각은 없다. 그윈의 승낙을 받아내면 원하는 날에 혼인을 시켜주도록 하지."

"그 말 정말이죠?"

"가문을 걸고 맹세하마."

"꺄아! 정말 고마워요, 오라버니!"

생사대적을 만난 것처럼 날을 세우던 실비아의 갑작스러운 태도 전환에 티엘은 어이가 없어 피식 웃고 말았다.

하지만 저렇게 좋아하는 여동생의 모습을 보니 자신의 생각이 틀리지 않다는 생각을 하게 되었다.

'소기의 달성이로군.'

시간은 유유히 흘러가고 있었지만 황도에는 연이어 사건
이 터지면서 분위기가 뒤숭숭해졌다.

고위 귀족 중 한 사람인 카펠러 후작이 황도를 점령할 계획
을 세우다가 사전에 발각되어 처형을 당한 것이다.

그는 황제의 권위를 확립하고 제국을 본래의 강대국으로
되돌리려 했다고 자백했다.

이번 모반에 참여한 귀족의 숫자는 물경 삼십여 명에 달했
는데, 그중 상당수가 히드로 2세를 따르는 신규 귀족들이었
다.

클레디오 백작 휘하의 검사이자, 이번에 새로 마스터의 칭
호를 수여받은 카르딘 남작이 상황을 진두지휘하며 모반에
연루된 귀족들을 모조리 참수했다.

거기에 그치지 않고 관련된 식속들을 잡아들이니, 그 숫자
가 천여 명을 헤아렸다.

자신과 관련된 모반 소식을 접한 히드로 2세의 표정은 창
백하게 질려 있었다.

황제의 권위를 드높이기 위해 클레디오 백작을 몰아내려
고 했지만 정작 그는 그들의 모반 계획에 대해 들어본 적이
없었던 것이다.

유일한 충신인 하브리스 공작을 불러들인 히드로 2세가 물었다.

"바, 방법이 없겠습니까?"

그 속에는 두려움이 잔뜩 깃들어 있었다.

하브리스 공작은 위대한 제국의 지배자인 히드로 2세가 이런 모습을 보이는 것이 안타까웠다. 자신이 힘이 되어주고 싶지만 근위기사단장은 대대로 황제의 충복 노릇을 할 뿐, 권력의 개입은 불가한 상태였다.

할 수 있는 것이라고는 조언뿐.

하지만 그 조언이 먹혀들지 않는 상황에서 할 수 있는 것은 곁에서 위로를 해주는 것뿐이다.

"죄송합니다, 폐하."

"짐을 따르는 귀족들 대다수가 사라졌어요. 이것은 더 이상 짐에게 희망이 없다는 말과 같아요."

"아직 희망을 버려서는 곤란합니다. 폐하께서 제국의 지배자로 우뚝 설 수 있는 기회는 얼마든지 존재합니다. 지금은 잠시, 아주 잠시나마 숨을 죽이고 있어야 할 때입니다."

"대체 언제까지 숨을 죽이고 있어야 한단 말입니까!"

답답한 마음에 목소리를 높였지만 화낼 대상이 잘못되었다는 것을 히드로 2세도 알고, 하브리스 공작도 알고 있었다.

"신은 로운 백작을 추천하고 싶습니다."

"그가 움직일 가능성이 있습니까?"

"없더라도 움직이게 만들어야 합니다. 다른 수가 없다면 폐하께서 하실 수 있는 방법을 사용하시면 됩니다."

"말씀하세요."

차분하게 말을 이어나가는 모습을 보며 무언가 복안이 있다고 여긴 히드로 2세가 그를 재촉했다.

"승작의 조건을 걸고 불러들이면 됩니다. 나아가 황권 황립에 도움을 준다면 헤인조 지방을 떼어 공국으로 삼아주겠다는 제안도 나쁘지 않습니다."

"…공국, 공국이라."

"굉장히 위험한 발상이지만 오로지 폐하께서만 내밀 수 있는 한 수입니다. 공국은 최후의 패라고 봐야 합니다. 자칫 잘못하면 타 지방을 평정한 영주 모두 독립을 선언할 수 있기 때문입니다."

"그럼 짐이 어떻게 하길 바랍니까?"

조언을 구하는 것처럼 보였지만 결국 말을 들으면 그대로 행동에 옮기겠다는 것에 지나지 않았다.

'이런 태도를 버리셔야 제국의 지배자로 우뚝 설 수 있을 텐데.'

그것을 겉으로 드러내지 못하는 자신도 잘못되었다는 것을 안다.

하지만 지금 이 시점에서 충언을 한다 한들 히드로 2세가 받아들일 준비가 되어 있지 않았다. 공연히 신뢰를 잃으면 그는 이 전란의 시대에서 홀로 내팽개쳐진 것에 지나지 않게 된다.

"로운 백작이 아니더라도 각지에 실력자들이 존재합니다. 폐하께서 그들에게 은밀히 서신을 보내시면 됩니다."

"공작이 생각하는 그들이 누구입니까?"

"칼헤린 지방의 위클린 공작, 노이안 지방의 헤셀 백작, 기엔, 청크 지방을 지배하고 있는 윈스터 후작, 헤인조 지방의 로운 백작입니다. 그 외에 카본 대공님과 포른 백작, 레디븐 백작이 있지만 그들은 클레디오 백작과 자웅을 겨루기에 다소 부족합니다."

"위클린 공작, 헤셀 백작, 윈스터 후작이라……."

로운 백작 외에도 선택지가 생겼다는 것만으로도 히드로 2세는 만족스러웠다.

"어떻게 하시겠습니까?"

"듣는 것만으로 부족하니 각 귀족들의 특징을 듣고 싶군요."

"그러실 줄 알고 준비를 해왔습니다."

미리 준비한 서류를 내밀자 히드로 2세는 그것을 받아들고 말했다.

"나중에 천천히 읽어보겠지만 우선 간략하게 듣고 싶은데요."

"예, 위클린 공작님은 아시다시피 폐하의 막내 할아버지가 되십니다. 황족의 일원인 만큼 큰 힘이 되어줄 수 있으리라 생각합니다. 다만 위클린 공작님이 황도를 장악하게 되면 정통성이 있으므로 폐하의 자리가 위태로워질 수 있습니다. 후보로 선정했지만 가장 위험한 선택 중 하나입니다."

"헤셀 백작은요?"

"풍부한 곡창지대인 노이안 지방을 차지하고 있는 헤셀 백작은 십만이 넘는 대군을 거느리고 있습니다. 이곳 황도와 거리가 멀지 않는다는 점에서 나쁘지 않은 선택지입니다만, 헤셀 백작은 사교계에서 음흉하기로 소문이 난 인물입니다. 자칫 제2의 리그디스 공작을 황도로 불러들이는 격이 될 수 있습니다."

"제2의 리그디스 공작이라니, 상상만 해도 끔찍한 일이군요."

옴짝달싹 못한 채 인형 신세가 되어야 했던 과거를 떠올리며 히드로 2세가 몸을 가늘게 떨었다.

그에 비해 클로디에 백작이 낫다는 것은 부정할 수 없는 사실이었다.

하지만 황제의 운명을 타고난 이상, 권력의 옥좌에서 제국을 지배하고 싶었다.

"마지막은 윈스터 후작입니다."

"아아, 윈스터 후작이라면 명문 중에서도 이름 높은 곳으로 알고 있어요."

"예, 맞습니다. 윈스터 후작가는 대대로 황제 폐하에게 충성을 바쳐 왔습니다. 당대 윈스터 후작 또한 폐하에 대한 충성심이 높습니다. 그 예로 리그디스 공작을 토벌하고자 각지의 영주들이 궐기하여 연합군을 이뤘던 것을 기억하고 계십니다."

"기억하고 있어요. 그러고 보니 연합군의 맹주가 윈스터 후작이라고 했지요?"

"예, 명문가 출신에 폐하에 대한 충성심, 두 가지만 보아도 부인할 여지가 없다고 생각됩니다."

"확실히……."

유서 깊은 명문 가문에 충성심까지 지니고 있다면 클로디에 백작을 몰아내고 자신의 충복이 되어 제국을 다시 강국으로 만들기 충분한 조건을 지니고 있었다.

"로운 백작을 비롯하면 어떻죠?"

"절대강자로 올라선 만큼 로운 백작의 활용도는 다른 누구보다 큽니다. 그가 이끄는 군은 강력하며, 휘하의 마블론 고메즈와 렉스터 남작도 마스터에 달하는 실력을 지니고 있습

니다."

"확실히……."

단순히 절대강자라고 할 때는 몰랐지만 조용히 듣고 있으니 로운 백작가의 저력이 대단하다는 것이 느껴졌다.

"윈스터 후작가의 저력도 가볍지 않습니다. 그를 따르는 명사들이 무수히 많으며, 기사들도 마스터에 준하는 실력자들이 여럿 있습니다."

"그럼 누가 좋은 것 같습니까. 짐의 마음은 윈스터 후작으로 기울고 있습니다만."

"저 또한 클레디오 백작의 존재감만 아니라면 윈스터 후작이 가장 적합하다고 생각합니다."

하브리스 공작이 동조하니, 히드로 2세의 입가에 미소가 맺혔다.

대대로 황가의 은혜를 입은 윈스터 후작이라면 자신의 부탁을 받고 한달음에 달려올 것이라.

몇 마디 말을 더 나눈 뒤, 히드로 2세는 도움을 청할 영주를 언급했다.

"영주들에게 서신을 보내도록 하세요. 윈스터 후작가와 로운 백작가, 그리고 만약의 경우를 대비해서 헤셀 백작가에도."

"예, 폐하."

누가 황도로 달려올지 모르는 일이다.

고개를 깊이 숙인 하브리스 공작은 하루라도 빨리 지금의 상황을 타파하고자 움직이기 시작했다.

황제의 서신이 도착하는 것은 오래 걸리지 않았다.

가장 먼저 전해진 곳은 수로를 통해 전해진 로운 백작가였다.

티엘이 집무를 미뤄둔 관계로 먼저 편지를 개봉하게 된 켄드는 즉시 토릭슨과 제이론을 군사부로 불러들였다.

"어떻게 생각하나?"

"우선 총군사님의 생각을 알고 싶습니다."

제이론의 말에 켄드는 조용히 고개를 저어 보였다.

"내 역할은 어디까지나 자네들의 의견을 듣고 취합하는 것뿐, 개인적인 역량은 그에 미치지 못한다는 것을 알고 있지 않나. 나는 괜찮으니 자신의 생각을 솔직히 털어놓아 보게."

"알겠습니다."

고개를 숙인 제이론이 토릭슨을 바라보니, 그는 가볍게 헛기침을 하며 자신의 생각을 털어놓았다.

"내가 보기에 일고의 가치도 없는 제안이다. 황제가 리그디스 공작의 폭정에서 벗어나니 슬슬 권력에 욕심을 드러내기 시작하는군. 만약 이 제안을 받아들이면 제국은 수십 조각으로 분열될 것이다."

"생각할 가치조차 없다고 생각하십니까?"

"적어도 내가 생각하기에는. 너는 이 어처구니없는 제안에 뭔가 받아들일 게 있다고 생각하나?"

"예, 저는 다소 다릅니다. 이미 허수아비가 되어버렸지만 황제 폐하의 존재는 정통성을 지닐 수 있다는 점에서 상당한 메리트를 지니고 있습니다. 이를 활용할 수 있다면 본가의 위치를 좀 더 공고하게 다져 놓을 수 있지 않을까 싶습니다."

"본가의 위치라, 허울뿐인 명분을 얻을 생각인가?"

"명분이 때로는 백만 대군보다 더 든든한 방패가 되어줄 수 있습니다."

"흥! 그것은 세상의 책사들이 너 같은 녀석들만 있을 경우다. 나같이 실리를 따진다면 명분 따위는 비난을 감수하고서라도 무시할 수 있어."

세간의 평판을 고려하는 제이론과 실리를 우선시하는 토릭슨의 대립이었다.

어느 것 하나 틀린 것이 없고, 마냥 옳은 것이 없기에 켄드는 두 사람의 의견에 조용히 귀를 기울였다.

"저는 당장 황제 폐하에게 협력하자는 뜻이 아닙니다. 좀 더 시간을 두고 고민을 함으로써 황제의 의중이 우리에게 쏠리도록 만드는 것이 어떨까 생각할 뿐입니다."

"그것도 나쁘지 않군. 요컨대 황제를 속여서 실리를 취하자는 뜻 아닌가."

"…그렇게 들리신다면 달리 할 말이 없습니다."

토릭슨의 말은 적나라하고, 노골적이었다.

좋게 포장하려던 제이론은 자신의 의도가 백일하에 밝혀지자 미간을 살짝 찌푸리면서 고개를 끄덕였다.

"흐흐, 그렇다면 이용할 가치가 넘치고도 남지. 황제가 무슨 생각을 하고 있는지 잘 알겠지만 우리 주군 같은 괴물하고 황도의 괴물이 맞붙으면 제국은 그대로 분열이야, 분열. 그 재앙을 불러들이려는 태도가 너무 어처구니가 없고 웃기단 말이지."

"어찌 주군이 재앙이 될 수 있단 말입니까."

"적어도 황제 입장에서는 재앙이 되겠지. 절대강자끼리 붙으면 어떻게 되는지 이미 봤으면서 그런 말이 나오는 것이냐?"

"음! 어쨌든 제가 보기에 이번 제안은 명분을 쌓을 수 있는 좋은 기회입니다."

토릭슨은 제이론이 갖지 못한 부분을 지니고 있지만 때때로 독선적인 면으로 그 부분을 바꾸려 드는 면이 있었다. 제이론은 그 점이 불편했지만 사람의 개성이고, 자신이 생각하지 못하는 독창적인 영역이라 생각했기에 납득하고 넘어가고자 했다.

"이용하려고 한다면 선택할 방안은 많지. 생각해 놓은 게 있나?"

"서신을 읽고 생각한 부분은 있습니다. 다만 단어 선택에 유의해 주시길. 아직 황제 폐하의 정통성은 유지되고 있습니다."

"쿵! 네가 원한다면 어쩔 수 없지, 알았다, 알았어."

강한 그의 어조에 토릭슨은 한 걸음 물러서며 양손을 들어 항복을 표시했다.

헤셀 백작가는 제국 내의 영주 중 최고로 평가받지 못하지만 거느리고 있는 병력의 숫자는 으뜸이라 해도 과언이 아닐 정도로 무수히 많은 대군을 거느리고 있다.

풍부한 식량이 무기인 노이안 지방은 제국 내에서 세 손가락 안에 드는 많은 인구를 보유한 곳이고, 그곳을 일찍이 통합한 헤셀 백작은 당장 십만 이상의 대군을 동원할 수 있는 대영주였다.

그는 이제 갓 황도에서 도착한 서신을 읽고 말려 올라가는 입꼬리를 감추지 못했다.

"크흐흐! 재미있군, 재미있어. 황제가 내게 도움을 청해?"

비록 황제에게서 수여받은 작위를 계승받았지만 황제에

대한 충성심이라고는 눈을 비비고 찾아볼 수 없는 것이 바로 그였다.

젊은 시절 사촌인 윈스터 후작에게 밀려 노이안 지방에 정착할 때만 해도 복수심으로 가득했다.

그것은 열등감이었다.

자신이 갖지 못한 것을 너무나 손쉽게 넣은 윈스터 후작에 대한 질투.

헤셀 백작은 반드시 복수하겠다는 일념으로 세력을 넓혀 나가기 시작했고, 비겁한 술수를 마다하지 않는 팽창 작전으로 마침내 노이안 지방을 통일하게 된다.

휘하에 십만이 넘는 대군이 존재하고, 창고마다 식량이 가득 채워지자 그때부터 다른 생각이 스멀스멀 피어나기 시작했다.

결정적인 계기는 황도를 틀어잡은 리그디스 공작의 집권이었다.

단지 황제의 외삼촌이라는 이유로 권력을 잡아 제국 전체를 좌지우지하는 모습을 보며 헤셀 백작은 확신을 얻을 수 있었다.

마음만 먹는다면 자신 또한 일개 제후가 아닌 왕이 될 수 있다고.

그때부터 차근차근 준비를 해나가기 시작했다.

재물을 풀어 각지의 뛰어난 방랑 기사를 포섭했고, 강도 높은 훈련을 통해 군의 기량을 끌어올렸다.

최근 무주공산이 된 아이주 지방에 눈독을 들였지만 헤인조 지방의 영향력이 강하게 미치면서 한 발자국 물러선 상태였다.

정면충돌을 두려워한 것이 아닌, 어지러운 황도의 상황이 눈길을 잡아끈 것이다.

"집 지키는 개를 단속하지 못한 리그디스 공작은 어처구니없이 죽었지만 나는 다르다. 황도로 들어서는 순간, 황제를 폐위하고 그의 옥좌에 앉을 것이다. 종래에 그 영광을 차지하게 되는 것은 다름 아닌 내가 될 것이다."

휘하의 뛰어난 기사들과 강력한 군대.

히드로 2세의 서신은 그의 야망의 씨앗을 싹 틔우는 촉매제가 되었다.

윈스터 후작은 눈을 지그시 감았다.

제국 북부의 정세가 복잡하게 돌아가는 가운데 도착한 히드로 2세의 편지는 그로 하여금 난감함을 자아내게 만들었다.

"황제 폐하의 서신이라, 난감하군, 참으로 난감해."

"거절하셔야 합니다. 현 상황에서 어떠한 이득도 되지 못하는 요청입니다."

"황제 폐하의 요청보다 당면한 적을 처리하는 것이 더 중요합니다!"

가신들은 한목소리로 윈스터 후작이 무시할 것을 요청하였다.

그럼에도 그는 쉬이 결정을 내리지 못했다.

대대로 황실의 은혜를 입고 명문의 기틀을 잡은 가문이기에 더 그런 것일지도 모른다.

쉽게 결정을 내리지 못하는 그를 보며 가신들은 입이 바짝바짝 말라오는 것을 느꼈다.

현재 윈스터 후작가는 두 지방을 온전히 손에 넣은 상태이며, 북방의 패자 자리를 놓고 노르앙 후작가와 자웅을 겨루는 중이다.

강력한 기병을 보유하고 있는 노르앙 후작가의 저력은 실로 막강하여 윈스터 후작가에서도 전력을 기울여야 할 만큼 강력했다.

하지만 휘하에 자리하고 있는 뛰어난 책사들의 지략으로 연전연승을 거둘 수 있었고, 마침내 노르앙 후작을 궁지로 몰아넣을 수 있게 되었다.

이대로 그의 세력을 흡수한다면 제국 내에서 적수가 없는 전무후무한 거대한 힘을 손에 넣게 된다.

윈스터 후작가와 노르앙 후작가가 점유하고 있는 네 개의 지방을 하나로 통일하는 순간, 최소 삼십만 이상의 대군을 동원하는 대왕국 급의 힘을 손에 넣게 되기 때문이다.

그 상황에서 들어온 황제의 요청은 자칫 노르앙 후작에게 빌미를 줄 수 있는 여지가 있었다.

"왜 안 되는 것이냐."

"그것은……."

한 책사가 앞으로 나서서 설명을 하려 했지만 윈스터 후작의 음성에 가로막혔다.

"어설픈 논리로 날 설득하지 말도록. 가슴속에 존재하는 내 피는 궁지에 몰린 폐하를 도우라고 속삭이고 있다. 날 설득할 자, 누가 있는가?"

"신 채블린입니다."

"날 설득할 수 있나?"

"예, 주군. 현 상황에서 폐하를 돕는 것은 주군에게나, 폐하의 입장에서나 모두 도움이 되지 않을 것입니다. 그 이유는 주군께서 이미 알고 계시지 않습니까?"

"난 모른다."

"간악한 클레디오 백작은 대륙에 아홉 명밖에 존재하지 않는 절대강자로 이름을 알리고 있습니다. 일찍이 리그디스 공작을 토벌하기 위해 모인 연합군도 클레디오 백작을 넘지 못했습니다. 좀 더 많은 세력을 응집하여 황도를 공략하는 것만이 가장 확실한 방안이 될 것입니다."

클레디오 백작과의 전투에서 패한 것은 윈스터 후작의 일생일대 치욕이었다.

그 이름이 언급되기 무섭게 눈썹이 꿈틀거렸지만 분노한 기색을 드러내지는 않았다.

잠시 후, 한결 침착해진 윈스터 후작이 물었다.

"그중 하나가 노르앙 후작을 멸하는 것인가."

"예, 그 힘을 흡수한다면 주군께서는 제국에서 절대적인 힘을 손에 넣게 되십니다. 그 누구도 주군의 앞을 가로막을 수 없고, 그 누구도 주군의 뜻을 거역할 수 없게 됩니다. 이는 곧 주군이 제국의 무너진 기강을 다시 세울 수 있다는 의미가 됩니다."

그 이면에 숨겨진 말을 알아차리지 못할 만큼 어리석은 인물은 이 자리에 아무도 없었다.

제국을 좌지우지할 수 있는 힘!

그것은 마음만 먹는다면 그가 제국의 지배자가 될 수 있다는 의미이기도 했다.

"…말이 과했군. 주의하도록."

"죄송합니다."

곧바로 사과했지만 그 말을 취소할 생각은 없어 보였다.

고개를 숙이며 물러나던 채블린은 자신을 주시하는 실레반의 눈길을 느끼고는 그곳을 향해 미소를 지어 보였다. 이내 제자리로 돌아갔지만 지켜보던 실레반은 고개를 절레절레 저었다.

'너무 커버렸군.'

윈스터 후작의 변변찮은 신임조차 받지 못하던 채블린은 제2책사였던 자신의 자리를 위협할 정도로 성장해 있었다.

그의 능력은 의심할 나위가 없으나, 단기간 결과를 지향하는 모습과 인도주의적인 면을 무시하는 모습은 불안함을 자아냈다.

근래 들어 폭발적인 성장세를 거듭한 윈스터 후작가였지만 그 기틀을 세운 것은 제1책사 질렛이었고, 그다음이 자신이었다. 채블린은 그것을 이용하여 윈스터 후작의 신임을 얻어 권력을 휘두르는 모습이 곱게 보이지 않았다.

"질렛."

"하명하소서."

채블린의 의견을 듣고 어느 정도 생각을 정리한 윈스터 후작이 제1책사 질렛의 의견을 물었다.

"그대의 생각은 어떠하지?"

"콜록! 신이 생각하길 채블린 책사의 의견을 따르는 것이 옳다고 생각됩니다. 폐하께서 처한 상황이 좋지 않으나, 시일을 요할 만큼 급한 일은 아닙니다."

"그렇군, 알았다. 폐하의 어려움을 외면할 수 없으나 내 평생을 준비하며 이뤄놓은 위업을 외면할 수 없는 법. 오늘부터 모든 전력을 동원하여 노르앙 후작가를 멸할 것을 명한다."

윈스터 후작의 음성은 담담했지만 그 속에는 뜨거운 불꽃이 깃들어 있었다.

묵묵히 듣고 있던 가신들이 일제히 예를 취하며 목소리를 높였다.

"명을 따르겠습니다."

히드로 2세의 서신이 제국에 큰 바람을 일으키려는 순간, 티엘은 여느 때처럼 자신만의 생활을 유유자적 즐기고 있었다.

반드시 영주의 재가가 필요한 것을 제외한 모든 업무는 가스론 자작에게 떠넘겼고, 가문의 향후 군사적인 움직임에 대해서는 군사부에 모두 일임해 놓았다.

황제가 무슨 요청을 해왔다는 소식을 전해 들었지만 티엘은 그 서신을 읽어보지도 않았다. 대략적인 내용을 들은 뒤, 최대한 이용하라는 말만 했을 뿐이다.

귀찮은 일을 털어낸 티엘은 오랜만에 마리아가 머무는 방으로 향했다.

"갑자기 무슨 일이니?"

"상의 드릴 것이 있어 찾아왔습니다."

"상의? 일단 앉으렴."

"예."

짤막하게 대답한 티엘이 맞은편에 앉았다. 마리아의 부름을 받은 하녀가 빠른 손놀림으로 간단한 간식과 차를 내왔다. 고풍스러운 찻잔에 향긋한 차향이 콧속으로 스며들면서 마치 안마를 하듯 부드럽게 기분을 풀어주었다.

입가에 미소를 머금은 마리아가 차를 한 모금 마시며 물었다.

"상의할 거란 게 뭐니?"

"어머니가 걱정하는 부분을 정리해야 할 것 같아 찾아뵀었습니다."

"내 걱정이라면, 결혼을 말하는 거니?"

"예!"

"상대를 정한 거고?"

티엘의 말에 마리아의 표정이 눈에 띄게 밝아졌다. 결혼 상대를 정했다는 말이 그렇게 반가울 수 없었다.

'누굴까, 로웰린? 아니면 크레티아? 둘 모두 좋기는 한데.'

가장 가까운 아름다운 여인들이 떠올랐지만 누구일지 짐작가지는 않았다.

각자의 매력이 뚜렷하고 배경 또한 나무랄 곳이 없지만 둘 중 한 사람이 티엘과 특별한 관계일 거란 생각이 들지 않았던 것이다.

'로웰린은 그동안 얼굴을 익혀놓았으니 가능성이 높지 않을까? 성격이 착해서 잘 가르치면 훌륭한 안주인이 될 것 같은데. 갑작스러운 심경 변화를 보면 크레티아일 것 같기도 해. 그 아이는 싹싹하고 카리스마가 있으니 가문 내부를 잘 휘어잡을 것 같은데…….'

생각이 꼬리에 물고 이어지면 이어질수록 미궁으로 빠져드는 기분이었다.

다음 이어질 말에 기대를 곤두세웠지만 귓가를 파고드는 말에 황당한 표정을 지어야만 했다.

"맞선을 볼 생각입니다."

"마, 맞선?"

"예, 전에는 실패를 했지만 이번에는 자신이 있습니다."

"아, 아니, 주변에 훌륭한 아가씨들을 놔두고 왜…….'

"둘은 그다지 제게 마음이 없는 것 같습니다."

이미 티엘을 두고 치열한 물밑 협상이 이어지고 있었지만 눈치 없는 그는 그것이 무엇을 의미하는지 전혀 눈치채지 못하고 있었다.

로웰린의 대담한 고백을 들었지만 그녀는 이후 별다른 움직임을 보이지 않았고, 크레티아에게 넌지시 청혼의 뜻을 건넸으나 아무런 대답조차 하지 않은 채 두문불출했다.

"하아!"

"기대에 부응하지 못해 죄송합니다."

"아니, 그게 네 잘못이겠니."

'내 잘못이기도 하지.'

티엘이 어린 시절, 후계자로 만들기 위해 교육을 시켰을 뿐, 귀족 영애를 대할 때 어떻게 하면 마음을 사로잡을 수 있을지 가르치지 않은 자신의 잘못이었다.

실제 이유는 전생의 백여 년 동안 오로지 검만 수련하면서 연애라는 감정이 마모되어 버린 것이지만 마리아는 모든 것이 자신의 탓처럼 여겨졌다.

"하지만 전처럼 아무 가문의 영애나 만나면 안 된단다. 과거의 너와 지금의 넌 다르기 때문이란다."

"예, 그래서 그 부분에 대해 어머니께 부탁을 드리려고 찾아왔습니다."

한때 번번이 차이면서 사교계의 조롱거리로 전락했던 적이 있는 티엘이지만, 카젤 국왕을 꺾고 절대강자의 반열에 들어선 지금 그 위상은 확연히 달라졌다.

감히 그들이 넘볼 수 있는 수준이 아닐 정도로 높은 곳에 도달한 것이다.

그 전까지 로운 백작가가 언제든지 사라질 수 있는 곳으로 인식하던 가문들은 땅을 치고 후회했다.

얼굴에 철판을 깐 몇몇 가문은 넌지시 혼담 의사를 보내왔지만 제국 사대 미녀 중 두 사람이 로운 백작가에 머물면서 철벽 방어를 하니 중도에 모조리 커트가 되어버리고 말았다.

절대강자인 티엘은 이제 격에 어울리는 여인을 만나야 했다.

"내가 맞선 자리를 알아보도록 하마. 그것이 내가 해야 할 일 아니겠니."

"어머니께 그저 감사드릴 뿐입니다. 어머니 덕분에 제가 영지 일에 집중할 수 있게 되었습니다."

대부분의 일을 가신들에게 미뤄놓았지만 이럴 때는 뻔뻔한 얼굴로 팔아먹는 티엘이었다.

그 사실을 자세히 모르는 마리아로서는 자신이 어머니의 역할을 해낼 수 있게 되었다는 생각에 밝은 표정으로 고개를 끄덕였다.

"그리고 이참에 별장 하나를 지어놓았는데 완성되었다고 합니다. 여름이 되면 가문 차원에서 한 번 놀러가지요."

"그래도 되겠니?"

"평화시 헤인조 지방은 지상 낙원입니다. 앞으로 어머니께 좋은 것만 보여드리고 싶으니 하고 싶은 것을 마음껏 하세요.

제가 도와드리겠습니다."

"…고맙다, 티엘."

"당연히 제가 해야 할 일입니다."

감격에 겨워하는 모습을 보며 티엘은 마음이 편해지는 것을 느꼈다.

전생의 자신에게 있어 망해가는 가문은 아무런 미련이 없었지만, 마리아에게 있어 로운 백작가는 남편과의 추억이자 가족들의 터전이었다.

그것을 나중에 알아차린 티엘은 돌아가신 어머니의 무덤을 보며 얼마나 많은 후회를 했는지 모른다.

지금이라도 자신이 해야 할 일을 했다는 생각에 한결 마음이 놓였다.

'이제 마지막 하나만 남았군.'

모두가 행복할 수 있는 마지막 요소.

그것은 튼튼한 후계자를 낳아줄 수 있는 아내의 존재였다.

나름 엄선하여 소식을 보냈지만 누구에게도 소식이 전해지지 않자 히드로 2세는 초조한 기색을 감추지 못하며 하브리스 공작을 재촉했다.

"왜 아무도 소식이 없는 것입니까?"

"사안이 사안인 만큼……."

"황실의 실추된 것을 회복시키는 것을 두고 저울질을 한다는 이야기입니까?"

분노를 드러내는 히드로 2세를 보며 하브리스 공작은 흘러나올 뻔한 한숨을 간신히 참아냈다. 그에게 있어 황제의 권한을 회복하는 일이지만 타 영주들에게 있어 가문의 명문을 걸어야 하는 일이었다.

"클레디오 백작이 버티고 있는 실정입니다. 절대강자인 그를 상대하는 것은 타 가문에서도 쉽지 않은 이야기일 것입니다."

"으음, 그것도 틀린 말은 아닙니다."

차분한 설명에 히드로 2세도 더 열을 내지 못하고 납득하는 모습을 보였다.

"당분간 참고 기다리셔야 합니다. 폐하께서 도움을 청한 이들 모두 가볍게 움직일 만한 크기의 가문이 아닙니다."

"좋습니다, 제가 실수한 것을 인정하지요."

"송구할 따름입니다."

"힘이 없어서 겪는 수모를 어찌 전가하겠습니까. 이번 국정 회의에서도 그들의 행태를 지켜볼 수밖에 없는 현실이 개탄스러울 따름입니다."

"클레디오 백작이 없으면 일거에 쓸어버릴 수 있는 자들입니다. 미래를 위해 참으셔야 합니다."

"그래야지요. 그래야 하는데."

자조 섞인 목소리로 중얼거리는 그의 모습에 힘이 느껴지지 않았다.

하브리스 공작은 눈을 지그시 감으며 젊은 날, 황제를 위해 모든 것을 바치겠다고 맹세하던 자신의 모습을 회상했다.

'먼 과거의 맹세가 이렇게 날 묶어놓는구나.'

근위기사가 되기 위해서는 황실에 대한 충성 맹세를 하고, 끊임없이 자기 스스로 세뇌를 해야 한다.

하브리스 공작은 절대강자 중 한 사람이지만, 그 힘은 오로지 황제의 의중에 따라 움직이게 되어 있다.

권력 다툼의 개입도, 특정 파벌의 가입도 불가한 것이 근위기사단장이라는 자리다.

하지만 근래 들어 힘들어하는 히드로 2세를 볼 때마다 그 결심이 흔들리고는 하였다.

상념에 빠진 그를 현실로 끄집어 낸 것은 당장 깨질 것처럼 위태로운 자신의 주군이었다.

"가지요, 날 물어뜯어 권력을 쥐려는 하이에나들이 있는 곳으로."

"예."

곁에 선 하브리스 공작은 히드로 2세를 호위하며 국정 회의가 열리는 곳으로 향했다.

매달 황도에서 열리는 국정 회의는 제국을 이끌어 나감에 있어 중대한 사안을 처리하는 제국 내 최고의 권위를 지닌 회의다.

이곳에서 각종 굵직한 일들을 처리하며, 제국이 더 나은 방향으로 나아가기 위한 안건이 올라오기도 했다.

하지만 리그디스 공작이 권력을 잡게 되면서 국정 회의의 의미는 변질되기 시작했다. 그는 자신의 권력을 더 공고히 하기 위한 수단으로 사용했고, 이를 통해 절대적인 권력을 틀어쥐었다.

이러한 사실은 집권자가 클레디오 백작으로 바뀐 이후에도 계속되었다.

달라진 점이라면 전처럼 리그디스 공작의 독주 체제가 아닌, 저마다 권력을 쥐기 위해 혈안이 된 귀족들의 각축전이 되었다는 점 정도였다.

"…따라서 북방의 경계를 튼튼히 하기 위해 예산을 배정해야 한다고 생각합니다."

한 귀족이 낭랑한 목소리로 자신의 의견을 밝혔지만 회의장의 분위기는 싸늘하기만 했다.

말로는 북방의 경계 강화였지만 그 예산이 귀족들의 주머니로 들어갈 것이 명약관화했던 것이다.

다른 귀족들도 그 사실을 알고 있었고, 같은 파벌의 귀족들은 자신들이 예산을 챙기기 위해 입에 침이 마를 정도로 갖가지 명목을 내세우고 있었다.

가장 상석에 앉아 회의가 돌아가는 분위기를 지켜보던 히드로 2세는 국정에 별다른 힘을 쓰지 못하는 군소 파벌의 의견을 가볍게 무시했다.

"플론 백작의 의견은 기각한다. 현재 제국의 북부는 노르앙 후작과 윈스터 후작이 훌륭하게 지키고 있는 만큼 북부를 지키기 위해 예산을 배치할 이유는 없다."

"…예, 폐하."

열심히 주장을 펼치던 플론 백작이 양어깨를 늘어뜨리며 대답했다.

"폐하, 제가 드리고 싶은 말씀은 황도의 방비를 좀 더 철저히 하는 것입니다."

이번에 의견을 제시하고 나선 것은 게스틴 후작이었다.

현재 황도 내에서 가장 큰 파벌 중 하나를 이끌고 있는 그는 차기 리그디스 공작을 꿈꾸며 닥치는 대로 몸집을 부풀리는 거대 파벌의 수장이었다.

권력을 위해서는 어제의 동료조차 웃으면서 저버릴 수 있는 인물이 바로 그였다.

"황도는 제국의 중심 그 자체, 각지에서 힘을 키우며 호시탐탐 황도 진입을 노리는 도적 같은 제후들이 즐비한 상황에서 황도의 방비를 강화하는 것은 반드시 필요한 사안이라고 생각됩니다."

게스틴 후작가는 대대로 정계에 몸을 담아온 중앙 귀족 출신으로, 황도 내의 거대한 상권을 틀어쥐고 있는 인물이다.

겉으로 황도의 방비를 이유로 들었지만 그 예산이 배정될 경우 가장 큰 이득을 보게 되는 것이 다름 아닌 그였다.

그럴 듯한 자신의 주장에 여러 귀족들이 긍정적인 신호를 보이자, 게스틴 후작이 속으로 미소를 지었다.

'요즘 자금도 부족한데 마침 이 사안으로 충당할 수 있으니 얼마나 좋은가.'

세력을 키우기 위해서는 돈이 필요했다. 가문의 자금이 부족하지 않으나, 굳이 자신의 돈이 아니더라도 다른 돈을 구할 수 있다면 그보다 더 이상적인 것은 없다.

게스틴 후작이 노리는 것은 황실의 돈이었다.

비록 권력을 잃고, 영향력을 행사하지 못하고 있지만 각지의 영주들이 세력을 넓히면서도 그 정통성을 존중하고, 매년 세금을 보내고 있는 상황이었다.

그 액수가 생색내기에 지나지 않았지만 대륙 최강의 제국에서 모여드는 세금이었다.

먼저 선점하는 자가 얻는 이익이 실로 막대할 만큼 황실의 재산은 마르지 않는 돈줄이었다.

"구체적으로 어떻게 생각하는지 듣고 싶습니다."

"예! 먼저 병사의 숫자를 소폭 늘리며, 무기의 질을 개선할 예정입니다. 건강한 군대에 강한 힘이 깃드는 법, 노쇠한 무기를 교체하고, 풍족한 식사량으로 체력을 기를 수 있다면 이들이 곧 제국의 치세에 막대한 기여를 할 수 있게 되리라 생각합니다."

"그것뿐인가요?"

"뿐만 아니라 대대적으로 기사를 모집하여 양질의 전력을 장기적인 안목으로 기르는 것이 중요하다고 생각됩니다. 폐하께서 승낙을 해주신다면 신 게스틴 후작이 빈틈없는 계획으로 황실의 위명을 드높이겠습니다."

게스틴 후작의 태도는 깔끔하기 그지없었다. 그를 따르는 귀족들도 열렬한 지지를 표하며 제국의 영광을 외쳐 댔다.

하지만 그 말을 듣고 있는 히드로 2세의 태도는 심드렁했다.

결국 저 태도가 황실의 재산에 눈독을 들이고 있음을 모르지 않았다.

"반대되는 의견은 없습니까."

여태껏 묵묵히 승낙만 하던 히드로 2세의 반문에 게스틴 후작의 눈이 흔들렸다.

그 말을 기다리기라도 한 듯, 한 사람이 앞으로 나섰다.

"신은 그 의견에 반대하는 바입니다. 현재 황도의 방비보다 중요한 것은 리그디스 공작의 집권 시절, 부정한 방법으로 재물을 끌어모은 이들을 향한 징벌입니다. 권력자에게 빌붙어 반성 없이 과거의 영광을 그대로 누리는 것은 마땅히 벌을 받아 마땅합니다."

발언을 하고 나선 인물은 일레트로 후작이었다.

과거 리그디스 공작에게 협력했으나, 그 마음만큼은 언제나 반대의 길을 걷고 있었다.

그 예로 클레디오 백작이 권력을 잡기 무섭게 그동안 축적한 재물 상당량을 내놓으면서 단숨에 신진 귀족들의 중심에 서고, 권력의 정점을 향해 성큼 한 걸음 내딛을 수 있게 되었다.

클레디오 백작과 밀접한 관계를 맺고 있는 그의 존재감은 현 정계에서 독보적이었다.

"큭! 그래서 내가 리그디스 공작에게 빌붙어 재산을 축적했다는 말이오?"

발끈한 게스틴 자작이 날 선 목소리로 물었지만 일레트로 후작은 태연히 되받아쳤다.

"본인이 다 잘 알고 있으리라 생각합니다만."

"나는 리그디스 공작의 덕을 본 적이 추호도 없소."

"조사해 보면 나오지 않겠습니까? 황실에서 흘러나간 재산 내역이 아닌, 상단과 연계한 장부를 들춰 보면 모든 내막이 드러나게 될 것입니다."

"크으……."

자신의 치부를 대놓고 건드리는 행태에 게스틴 후작은 불 같이 분노했지만 이를 꽉 깨물면서 화를 억눌렀다.

그의 말마따나 상단의 장부를 들춰 보면 황실에서 흘러나 간 자금과 맞지 않아 중간에서 착복한 것이 백일하에 드러나 고 말 것이다.

좀 더 많은 재산을 얻고자 목숨을 거는 것은 말도 안 되는 일.

이를 꽉 깨문 게스틴 후작이 한 걸음 뒤로 물러났다.

"황실의 재정 운용이 어렵다면 충신된 도리로서 물러나는 것이 당연한 일. 이 몸은 리그디스 공작과 연계하여 재정을 착복한 일은 추호도 없소."

"스스로 당당했다면 물러나는 일도 없겠지."

"이이……."

"폐하! 신이 고하고 싶은 것이 있습니다."

분노하는 게스틴 후작을 일별한 일레트로 후작이 히드로 2 세를 바라보았다.

"말하십시오."

"현재 각지의 제후들은 제국의 안위보다 제 스스로의 이익을 챙기기에 혈안이 되어 있는 실정입니다. 이는 폐하의 권위를 손상시키는 행동이며, 나아가 제국의 앞날을 어둡게 만드는 요소입니다. 저는 각지의 제후들을 초대, 그들이 더 이상 다른 뜻을 품지 못하도록 통합의 장을 마련하는 것이 좋으리라 생각됩니다."

"……"

일레트로 후작의 말은 구구절절 틀린 면이 없었지만, 히드로 2세는 그가 무슨 의도로 이런 말을 하는지 바로 눈치챌 수 있었다.

그는 대표적으로 알려진 클레디오 백작의 추종자였다. 절대강자인 그가 권력에 관심이 없다고 해도 추종자들마저 그런 것은 아니다.

"권력의 개가……."

치밀어 오르는 분노를 참지 못한 히드로 2세가 중얼거릴 무렵, 뒤로 물러나 있던 게스틴 후작이 목소리를 높였다.

"말도 안 되는 소리요! 자신의 이득을 위해 폐하의 어려움을 외면하는 후안무치한 자들을 어디로 불러들인다는 것이오!"

"말 다하셨소?"

"아니, 못했소! 제국을 위하는 척 자신의 욕심을 챙기려는

그대의 의도가 참으로 역겹기 그지없소! 반성하시오, 일레트
로 후작!"

"이 사람이 지금!"

점잖은 일레트로 후작의 얼굴이 붉어질 만큼 게스틴 후작
의 말은 노골적이었다.

다른 사람도 아닌 게스틴 후작에게 말이다.

부끄러움도 모르는 듯, 오히려 입가에 미소를 띤 그가 말했
다.

"내 말이 틀리기라도 했소?"

"자신이 잘못한 것을 모른 채 남의 잘못을 지적하다니, 참
으로 대단하오."

"닥치시오!"

서로 헐뜯고 비난을 서슴지 않는 회의장 분위기는 순식간
에 아수라장으로 바뀌기 시작했다.

"……."

소란스러운 분위기를 바라보는 히드로 2세의 표정은 복잡
했다.

이들의 행동들은 제국을 위한 것이 아니다.

그저 자신의 이익을 극대화하기 위해 목소리를 높이고 있
을 뿐.

이들을 중심으로 제국을 경영한다는 것이 한탄스러웠고,

황제의 앞에서 예의를 잃은 모습에 분노가 치밀어 올랐다.

마음에 쌓인 응어리가 한계에 달해 임계점에 달하는 순간, 눈앞의 엉망진창인 행태를 더 이상 지켜보지 못한 히드로 2세가 목소리를 높였다.

"조용! 조용들 하시오!"

"폐, 폐하."

"송구합니다."

처음 분노를 표출한 히드로 2세를 보며 귀족들은 저마다 고개를 숙여 보였다.

하지만 그것이 진심이 아니란 걸 누구보다 잘 알고 있는 것이 그다.

단지 지금 이 순간을 모면하려는 행동일 뿐.

가식적이다 못해 자신을 얕보고 능멸하는 행동에 분노가 사그라들기는커녕 오히려 커져만 갔다.

"그대들이 정녕 제국을 위하는 귀족들이라 할 수 있나? 다른 제후들이 제 이익을 챙긴다고 비난을 하지만 정녕 경들이 그들보다 낫다고 선뜻 말할 수 있단 말인가? 리그디스 공작이 짐을 능멸하고 권력을 틀어쥐었지만 짐이 보기에 그대들 또한 다르지 않다. 어떻게 하면 더 큰 권력을 쥘지! 어떻게 하면 더 큰 자금을 틀어쥘지 짐의 돈을 빼먹으려는 행태가 아닌가? 정녕 그대들이 리그디스 공작보다 나은 점이 있나? 있다면 말해보라! 말해보라!"

"……."

거친 비난에 귀족들은 입을 다물었다. 히드로 2세가 어린 아이였던 시절부터 보아왔던 그들은 상처 입은 채 분노를 드러내고 있는 젊은 황제를 보며 아무 말도 할 수 없었다.

"리그디스 공작을 제거했지만 클레디오 백작이 정녕 짐을 위해 일을 한다고 할 수 있나? 일레트로 후작."

"예, 폐하."

"정녕 그렇게 말할 수 있는가?"

"클레디오 백작은 폐하의 검입니다."

"그것이 진심인가?"

"…예."

클레디오 백작이 그런 마음을 갖고 있지 않다는 것을 누구보다 잘 알고 있는 일레트로 후작이었다. 권력도, 여자도 관심이 없고 오로지 검에 일로정진하는 인물이란 걸 모르는 사람은 아무도 없었다.

"결국 그렇게 대답하는군. 권력에 목을 매고 있는 만큼 그럴 수밖에 없는 것을 이해한다. 짐은 클레디오 백작이 황실의 권위를 드높이기 위해 거병했다고 생각하지 않는다. 그것은 하늘이 알고 대지가 알고 있으며, 짐 또한 알고 있는 사실이다. 늘 궁에 틀어박혀 있다고 하여 날 꼭두각시 취급하고 바보로 여기는 그대들의 행태, 잘 보았다."

　말을 마친 히드로 2세는 자리에서 일어나 그대로 회의장을 벗어났다.

　"······."

　'허허, 쉽지 않겠군.'

　미처 히드로 2세를 제지하지 못했던 하브리스 공작은 싸늘하게 가라앉은 회의장 분위기를 보면서 고개를 절레절레 젓고 말았다.

　강렬한 폭풍이 황도를 휩쓸기 시작했다.

제3장
들끓는 제국

히드로 2세의 망언!

국정 회의에서 히드로 2세가 귀족들을 비난함으로써 정국은 싸늘하게 얼어붙기 시작했다.

리그디스 공작의 절대권력 체제에서 클레디오 백작이 그를 몰아냈지만 히드로 2세는 여전히 힘이 없는 황제에 불과했다.

귀족들은 황제를 무시하고 권력을 차지하기 위해 이전투구를 벌였으며, 이는 국정 회의에서 파탄을 드러내며 히드로 2세의 분노를 자극했다.

어린 시절에 황제로 즉위하여 줄곧 꼭두각시의 삶을 살아온 그가 귀족들에게 어떤 마음을 품고 있는지 드러난 사건이었다.

황제의 분노이기에 그 여파가 오래 갈 것이라 예상되었지만, 실제로 그 여파는 오래 이어지지 못했다.

중앙 귀족들은 마치 무슨 일이 있었냐는 것처럼 태연하게 업무를 처리해 나갔던 것이다.

그렇다고 해서 전혀 변화가 없던 것은 아니었다.

그 전까지 쉬쉬하며 황제의 권위를 무시했다면, 이제는 대놓고 무시하는 모습을 보였다.

일레트로 후작은 고개를 절레절레 저었다.

"폐하께서도 너무하시는군. 누가 노력을 해서 그 간악한 권력자를 몰아냈는데."

"그러게 말입니다. 아무래도 핍박당하던 시절을 벗어나다 보니 좀 더 편한 것을 찾게 되는 것이겠지요."

그의 단짝인 하퍼 백작이 말을 받았다.

리그디스 공작이 황도를 장악하고 있을 무렵, 둘은 숨을 죽이면서 종종 간언을 하곤 했지만 전적으로 리그디스 공작을 따른 것은 아니다.

클레디오 백작이 오십만 대군을 되돌리고, 황도를 습격하는 과정에서 둘은 전폭적으로 협력하며 정국을 안정시키는

데 주력했다.

그 공을 기린다고 해도 모자람이 없는데 히드로 2세는 욕심을 부려 귀족들이 간신히 갖춰 놓은 안전 체제를 깨놓으려 하는 것이다.

"하지만 이미 늦었습니다."

"으음."

자신감 넘치는 하퍼 백작의 말에 일레트로 후작은 고개를 끄덕였다.

히드로 2세가 공개적으로 불만을 드러내며 귀족들을 비난했지만 그것으로 얻는 것은 없다고 해도 과언이 아니었다.

아마 황제는 귀족들로 하여금 자신들의 행태를 다시 한 번 되돌아보게 하고, 자발적으로 권력을 가져다 바쳐 황권 강화를 노렸을 것이다.

하지만 그것은 정계에서 구르고 구른 중앙 귀족들을 얕보는 행동이었다.

권력 한 줌을 가지고 수십 수백 명의 목숨을 아무렇지 않게 취하는 그들에게 있어 황제의 분노는 어떠한 감흥도 주지 못했다.

아니, 도리어 비웃었다.

아무런 준비가 되지 않은 상황에서 호통을 친 것으로 정국이 바뀔 것을 기대했으니 말이다.

"클레디오 백작에게 말을 전해야겠지."

"흠! 그래야지요. 명목상 우리의 리더니 말입니다."

"그런 말은 삼가게. 모두에게 좋지 않은 결과를 낳을 수 있으니."

"알겠습니다."

둘의 대화는 허공에 아스라이 흩어지며 자취를 감추었다.

일레트로 후작이 히드로 2세의 행동에 불만을 드러낼 무렵, 게스틴 후작 또한 좋지 않은 표정으로 중얼거리고 있었다.

"흐음! 좋지 않군, 좋지 않아."

"황제가 너무 나섰습니다. 이렇게 되면 앞으로의 일이 차질을 빚는 것 아닙니까?"

게스틴 후작의 심복이자, 두뇌 노릇을 하고 있는 트란 백작이 물었다.

"아무래도 그렇겠지. 황제가 적당히 멍청하면 자금을 빼먹을 수 있는데 앞으로 사사건건 나서게 될 것 같으니, 안 좋게 되었어."

"하지만 바뀌는 것은 없을 것입니다."

"그렇게 생각하나?"

"예, 황제라는 것도 결국 가장 힘이 센 사람이 맡은 것 아니겠습니까? 그런데 현 황제는 어떻습니까? 리그디스 공작의 눈에 들어 황제로 즉위했고, 그의 통치 내내 권력을 잃은 채로 지냈습니다. 근위기사단장인 하브리스 공작이 있지만 권력 불간섭의 맹약은 쉽게 깰 수 없을 것입니다. 결국 어떠한 세력도 동원할 수 없는 황제의 분노는 어린아이의 떼와 다를 바가 없는 셈이지요."

들고 보니 트란 백작의 말이 틀린 부분은 없었다. 잠시 생각에 잠겨 있던 게스틴 후작은 나직이 고개를 끄덕였다.

"그렇게 생각할 수도 있겠군. 그렇다면 굳이 움츠러들 필요는 없겠지."

"좀 더 과감하게 나서시는 것도 나쁘지 않을 것 같습니다."

"과감하게라면?"

"국정 회의에서 보여주셨던 것보다 더 강하게 나아가는 것입니다. 황제가 무슨 의도로 그랬는지 알 것 같지만 자신의 착각이라는 것을 톡톡히 깨닫게 해주어야겠지요. 이번 일로 주도권을 잡는다면 더 좋은 일 아니겠습니까?"

커다란 파벌을 형성했지만 게스틴 후작의 입지는 좋지 못했다. 과거 리그디스 공작과 협력했던 흔적이 뚜렷했고, 일레트로 후작의 뒤에 있는 클레디오 백작의 존재감이 너무 컸던 것이다.

"주도권, 주도권이라……. 나쁘지 않군, 흐흐! 안 그래도 클레디오 백작을 믿고 나대는 일레트로 후작이 마음에 들지 않았으니. 이참에 정치가 무엇인지 가르쳐주는 것도 나쁘지 않겠어. 좋은 방법이라도 있나?"

"제가 생각한 게 있습니다. 다만 후작님이 움직여 주셔야 효과가 있습니다."

"말해보게."

"예, 제 계획은……."

트란 백작은 자신이 생각한 바에 대해 설명했다. 담담한 표정으로 듣던 게스틴 후작의 표정이 밝아지기 시작하더니, 이내 웃음을 터뜨렸다.

"크흐흐! 크하하하! 아주 마음에 드는군, 아주 마음에 들어."

"마음에 드셨다니 다행입니다."

"당장 실행해도 될 것 같군."

"조금 시기를 지켜보는 것도 나쁘지 않을 것 같습니다. 황제의 행대는 비단 우리뿐만 아니라 다른 귀족들도 불쾌감을 느꼈습니다. 그들이 먼저 행동으로 옮길 때, 크게 한 방 터뜨리면 될 것 같습니다."

주도권을 쥐겠다고 했지만 어디까지나 일레트로 후작이 중심으로 된 파벌보다 먼저 움직이는 것을 의미했다.

군소 파벌이 움직이는 것 정도는 자신의 존재감만으로 지워 버릴 수 있으니 말이다.

"그렇군, 흐흐! 아주 좋아. 황제는 모르고 있을 것이다. 자신이 나서면 상황이 달라질 거라고 생각했지만 기분 좋은 상상에 지나지 않지. 단지 황제라고 해서 충성을 바치고 목숨을 맡기는 행태는 이미 사라졌다."

리그디스 공작도 그렇고 클레디오 백작도 그렇다.

그들에게 있어 황제에 대한 존중은 찾아볼 수 없었다.

"능력 없는 행동은 파멸이라는 걸 가르쳐주겠다."

중얼거리는 게스틴 후작의 눈은 섬뜩한 빛을 발하고 있었다.

히드로 2세의 분노는 귀족들의 조용한 반발을 샀지만 대부분의 귀족들은 며칠이 지나자, 공개적으로 분노를 터뜨렸다.

그리고 상당수는 클레디오 백작을 찾아가기에 이르렀다.

권력을 탐하는 그들에게 있어 군림하되 통치하지 않는 클레디오 백작이 황제 이상의 존재감을 가지고 있었다.

제국 최강!

그것 하나만으로 제국의 권력을 누가 틀어쥐고 있는지 알려주고 있었다.

"이건 보통 문제가 아닙니다! 황제는 백작님을 몰아내려고 하는 것입니다."

"그뿐만이 아닙니다. 이미 권력을 잡기 위해 여러 가지 술수를 부리고 있습니다. 정변을 준비하다가 잡힌 이들도 있잖습니까? 그들 대부분이 황제를 따르는 자들이었습니다. 황제가 지원을 했을 확률도 배제할 수 없습니다."

"그리고······."

"······."

저택에 모여든 귀족들을 보며 클레디오 백작은 아무 말도 하지 않았다. 당사자인 그보다 다른 귀족들이 열을 내며 황제를 성토하고 있었다.

저마다 자신의 의견을 주장하며 귀를 따갑게 만들고 있었지만 맥락은 모두 같았다.

"그만."

"······!"

클레디오 백작이 입을 열기 무섭게 응접실은 침묵에 휩싸였다.

"말을 들어보니 이해하기 어렵군. 누가 간략하게 말해줄 수 있나?"

"흠흠!"

순간 귀족들의 시선이 뒤엉켰고, 저마다 헛기침을 하면서 고개를 돌려 외면했다.

모두 클레디오 백작의 눈에 들고자 했지만 목소리를 낮게 깔며 진실을 요구하는 모습은 강렬한 위압감을 자아내고 있었다.

결국 자리에서 일어난 것은 일레트로 후작의 눈길을 받은 하퍼 백작이었다.

"흠! 간단하게 말하면 이들은 백작님의 미래를 우려하고 있는 것입니다. 황제 폐하는 국정 회의에서 귀족들에게 분노를 드러냈고, 이는 결코 해서는 안 될 행동이었습니다. 그리고 분노를 터뜨리는 과정에서 백작님을 언급했으니, 이는 자연스레 연관이 될 수밖에 없습니다. 폐하의 눈 밖에 나면 지금도 호시탐탐 황도를 노리는 영주들이 도발을 해올 우려가 있기 때문입니다."

하퍼 백작의 말은 복잡했지만 그 안에 담긴 내용은 간단했다.

"아무 관련이 없다는 뜻이로군."

"하! 하! 달리 생각하면 그렇게 볼 수도 있습니다."

"별 의미가 없는 행동이로군. 내가 이런 걸 싫어한다는 걸 모르지 않을 텐데."

"……."

낮게 깔린 목소리에 응접실은 싸늘한 침묵으로 얼어붙었다.

클레디오 백작의 목소리 톤 하나에 일희일비하는 귀족들

을 보며 일레트로 후작은 속으로 한숨을 푹 내쉬었다.

'이래서 권력을 쫓는 부나방들은……'

이번 히드로 2세의 분노는 굳이 클레디오 백작과 연관시킬 이유가 없는 문제였다.

다른 정치가라면 이것을 바탕으로 황제를 압박할 패로 만들었겠지만 처음부터 정치에 관심을 드러내지 않은 그의 저택으로 우르르 몰려가 떠든 것만으로도 이미 불쾌감을 자아내기에 부족함이 없었다.

'하긴 나도 비슷한 처지인데 누굴 비웃고 누굴 위한단 말인가.'

쓴웃음을 지은 그는 아직도 얼어붙는 분위기를 타파하고자 자리에서 일어났다.

"이들도 저마다의 사정이 있기에 찾아와 말하는 것입니다. 그러니 너무 기분 나빠 하지 말고, 저들이 찾아왔어야만 했던 이유를 생각해 주시길 바랍니다."

"내가 그런 고리타분한 걸 생각할 것 같나?"

"단지 알아만 주시면 됩니다. 백작님이 여느 때처럼 수련에 집중하신다면, 나머지는 저희가 알아서 해결하도록 하겠습니다."

일레트로 후작은 클레디오 백작이 무엇을 좋아하고 싫어하는지 잘 알고 있었기에 지금 상황을 무마시킬 수 있는 방향으로 말을 꺼내 들었다.

"나쁘지 않군."

"백작님은 지금처럼 수련을 하시면 불편함이 없도록 노력을 기울이겠습니다."

"알았다. 그게 너희에게 더 좋겠지. 물러가도록."

축객령이 떨어지자, 귀족들은 우르르 자리에서 일어나 응접실을 벗어났다.

"눈치가 빠른 자인 것 같습니다."

카르딘 남작이 밖으로 나간 일레트로 후작을 바라보며 말했다. 곁에 서 있던 하멜 남작은 눈살을 찌푸리며 불쾌감을 드러냈다.

"저런 얌체들은 당장 베어버려야 후환이 없거늘."

"우리가 편하기 위해서라도 저런 이들이 필요합니다. 가끔씩 오늘처럼 귀찮게 굴지라도."

"세상은 힘으로 움직이는 법. 저런 머저리들이 없어도 얼마든지 말을 잘 듣고 고분고분한 자들을 들일 수 있다."

셰어드 회군에서 눈부신 전공을 세운 카르딘 남작과 하멜 남작은 자신의 실력을 증명하여 마스터라는 칭호를 얻은 뒤였다.

"귀찮지만 저들은 필요하다."

"주군!"

"황도라는 곳을 움켜쥐고 있으니 귀찮은 것은 당연한 일. 리그디스 공작을 치워 버렸지만 그것이 오히려 귀찮음을 키우는 꼴이 되어버렸군."

검으로 시작해서 검으로 하루를 마무리할 정도로 클레디오 백작은 수련에 미쳐 있었다.

리그디스 공작 휘하에 있던 시절 가장 싫어하던 것이 어떻게든 친분을 쌓아 자신의 권력을 공고히 하려던 자들이었다.

그런데 황도를 차지하니 아예 집단을 이뤄 몰려드는 것이 현실이었다.

기사가 되는 그 순간부터 클레디오 백작을 따라왔던 카르딘 남작과 하멜 남작이 그의 생각을 알아차리고는 경악을 터뜨렸다.

"주군, 설마……."

"크흐! 나쁘지 않은 생각입니다. 하지만 그렇게 되면 우리를 물어뜯을 녀석들이 넘쳐 날 텐데요?"

"언제부터 전투를 두려워했지?"

"두렵다니, 웬 섭섭한 말씀이십니까. 오히려 감격에 겨워서 하는 말입니다. 피와 살이 튀기는 전투야말로 제가 살아 있는 이유 아니겠습니까."

두 눈을 번뜩이며 살기를 발산하는 모습을 보며 클레디오 백작은 입을 다물었다.

카르딘 남작은 불안한 표정을 드러냈다.

"전투도 좋지만 손안에 들어온 것을 놓아두는 것은 좋지 못한 선택입니다."

"그저 생각만 했을 뿐, 결정을 내리지는 않았다. 이러한 상황들이 이어지면 그때 가서 진지하게 고민을 해보면 되겠지."

그 말을 끝으로 클레디오 백작은 아무 말도 하지 않았다.

카르딘 남작과 하멜 남작은 서로 마주보며 작게 고개를 저었다.

히드로 2세의 분노 표출은 황도를 벗어나 제국 각지로 퍼져 나갔다.

그 소식을 전해 들은 토릭슨은 어이없는 표정을 짓다가 한마디 했다.

"어리석군, 한 제국의 지배자란 인물이 그렇게 경솔한 발언을 내뱉다니."

철저하게 준비를 갖춘 다음에 다시 한 번 만전을 기해도 모자랄 판에 자신의 속내를 드러내다니.

현재 히드로 2세가 어떠한 처지에 놓여 있는지 정확하게 파악하고 있는 토릭슨으로서는 대책 없이 질러 버린 히드로 2세를 이해할 수 없었다.

"그만큼 다급했다는 뜻일 수도 있습니다."

"다급하면 더 삭히고, 더 숨기고 철저하게 준비를 했어야지. 그 정도도 되지 않으면 제국을 다스릴 그릇이 되지 못한다는 거다."

"음! 확실히 그런 행동은 경솔합니다."

힘이 부족하여 외부의 힘을 끌어들이려는 것도 알고 있는만큼 제이론도 히드로 2세를 변호하는 게 어려웠다.

군사부에 방문하여 묵묵히 둘의 대화를 듣고 있던 티엘이 입꼬리를 말아 올렸다.

"토릭슨의 말이 맞다. 힘이 부족하면서 적을 도발하는 건 어리석은 행동이다."

"황제의 발언은 앞으로 제국을 혼란의 소용돌이로 몰아넣을 것입니다. 아슬아슬하게 이어지던 균형점이 완전히 무너진 셈이니."

어리석다고 한 이유가 바로 그것 때문이었다.

히드로 2세는 제 스스로 목에 목걸이를 걸어버리는 행동을 했고, 귀족들은 권력의 한 조각을 차지하기 위해 치열한 전투를 벌일 것이다.

"그것 때문에 불렀다. 이 상황을 이용할 방법은?"

"어떻게 흘러가느냐에 따라 다양한 방향으로 움직일 수 있습니다. 가장 큰 변수는 클레디오 백작이기에 섣불리 계책을 세울 수 없습니다."

제아무리 히드로 2세가 분노하고, 귀족들이 날뛰더라도 클레디오 백작이 나서는 순간 다른 이들은 아무것도 하지 못하게 된다.

"움직이지 않는다는 가정하에 듣고 싶군."

클레디오 백작이 권력에 관심이 없다는 것은 이미 증명된 바였다.

"아마 추악한 권력 싸움을 지켜보실 수 있을 것입니다."

냉소적으로 말하는 토릭슨의 태도로 인해 분위기가 차갑게 가라앉으려고 하자, 제이론이 나서서 말했다.

"황도가 혼란스러울수록 이득을 얻는 것은 헤인조 지방이 될 것입니다. 수로와 해로를 모두 갖고 있으며, 주군의 치세 덕택에 안정되어 풍요로움이 헤인조 지방 전체를 뒤덮고 있기 때문입니다."

"좀 더 구체적으로."

"물류의 중심지인 황도가 제 기능을 발휘하지 못하면 결국 새롭게 소화될 곳이 필요한데, 물건을 운반하기 위해서 가장 합리적인 것이 배입니다. 제국 내에서 가장 많은 수군을 보유한 이상, 황도가 물류의 중심을 못할 경우 헤인조 지방이 그 역할을 대체하게 될 것입니다. 자연히 상업이 발달하고, 사람들이 몰려들게 됨으로써 인구 난을 해소할 수 있게 될 것입니다."

"그렇게 되면 좋겠군. 더 이상 내가 손댈 필요 없는 형태가
되겠어."

"예, 그 방향으로 흐를 수 있도록 계책을 세워보겠습니다."

"그러도록. 언제나 그러하듯 수립된 계책은 켄드와 논의하
지."

"알겠습니다."

고개를 숙이는 제이론을 보며 티엘이 막 자리에서 일어나
려고 하자, 토릭슨이 무언가 생각이 난 듯 목소리를 높였다.

"주군! 묻고 싶은 것이 있습니다."

"뭐지?"

"크레티아 공녀와 무슨 사이입니까?"

순간 후계자를 낳아달라고 할 때 보여주었던 크레티아의
얼굴이 떠올랐다. 수십 번의 맞선에서 차였던 것처럼 그녀 또
한 마찬가지일 뿐이라고 생각하며 짧게 대답했다.

"별 사이 아니다. 무슨 이유지?"

"최근 들어 아스트롱 공작가의 상황이 급속도로 나빠지고
있습니다."

"들어보고 싶군."

다시 자리에 앉은 티엘이 재촉하자 토릭슨이 아스트롱 공
작가에 대해 자세히 설명했다.

"얼마 전까지만 해도 버틸 만했지만 근래 들어 라이오너 후작가와 위클린 공작가의 압박이 강해지고 있는 상황입니다. 특히 라이오너 후작의 군대가 몇 차례 경계선을 넘어 산발적인 전투가 벌어졌다고 합니다. 위클린 공작령도 대대적으로 군대가 소집되어 북쪽으로 배치되고 있다 보니, 남북으로 강적을 접한 아스트롱 공작가의 상황이 급속도로 나빠지고 있습니다."

"그래서 물어봤던 것이로군."

"만약 크레티아 공녀와 주군이 각별한 사이라면 도와야 하지 않겠습니까?"

"도울 방법이 있나?"

"주군의 결정이라면."

"그럼 돕는 방향으로 말해보도록. 알고 지내는 사이인 만큼 아스트롱 공작가가 어려움 겪는 모습을 보고 싶지는 않은데."

그것이 솔직한 마음이었다. 남자로서 아름다운 여인을 어떻게 해보려고 한다는 마음이 아닌, 안면이 있고, 대화를 나눴던 사이로서 도움이 될 만한 방향으로 일을 진행하고자 했다.

"예! 그러기 위해서는 주군이 선두에 나서셔야 합니다."

"잠깐, 내가 나서야 한다고?"

"절대강자인 주군의 존재감이라면 라이오너 후작가와 위클린 공작가도 감히 앞으로 나서려 들지 않을 것입니다."

"내가 나서지 않는다면?"

"안타깝게도 치고받는 난타전이 될 확률이 높습니다."

"…생각해 보도록 하지. 전장에 나서는 것만큼 귀찮은 일은 없으니."

마음이 바뀌는 것은 순식간이었다.

순간 토릭슨의 표정이 묘하게 바뀌었지만 별다른 말을 꺼내지 않고 고개를 끄덕여 보였다.

"주군께서 나서지 않으시더라도 잠시 주의를 돌릴 방안이 있습니다."

"뭐지?"

"아이주 지방을 이용하는 것입니다. 정확히 말씀드리자면……."

"실행하도록."

"예?"

들어보지도 않고 실행하라는 말에 토릭슨은 어이없는 표정을 지었다.

티엘은 태연하게 말했다.

"내가 직접 나서지 않는 거면 귀찮은 일도 할 이유가 없겠지. 안 되면 그다음에 계획을 세우면 되니 일단 실행에 옮기도록."

"…알겠습니다."

계획의 마지막은 주군이 움직여야 한다고 말을 하려던 토릭슨은 그 말을 꿀꺽 삼킨 채 힘 있게 고개를 끄덕였다.

히드로 2세의 행동으로 제국에 큰 변화가 일어날 무렵, 황도 인근에서 커다란 변화가 일어나고 있었다.

와아아아아!

평원을 가득 뒤덮는 함성 소리를 듣고 있던 잘생긴 중년인, 레디븐 백작의 입가에 만족의 미소가 피어오른다.

"흠! 이 정도인가."

"주군! 주군의 앞을 가로막는 적을 모조리 베어버리고 왔습니다!"

갑옷 가득 피칠을 하고 있는 케빈이 고개를 숙이면서 힘차게 외쳤다.

"수고했다, 케빈."

한때 유망주에 지나지 않았던 케빈은 훌쩍 성장하여 한 사람 이상의 몫을 기사로 성장했다.

"이제 가로막는 적은 없습니다. 가시지요."

"그래."

힘차게 앞으로 한걸음 내딛은 레디븐 백작이 성안으로 들어섰다.

곳곳에서 연기가 피어오르고 있는 성은 외관과 달리 어느 정도 안정되어 있었다.

끝까지 저항하던 적들 대부분이 죽거나 사로잡혔고, 남은 것은 백성들이었다. 대개 전투가 벌어지면 이후에 약탈이 벌어지겠지만 레디븐 백작이 이끄는 군대는 달랐다.

전장의 신사!

레디븐 백작을 일컫는 말이었다.

잘 훈련된 그의 정예 병사들은 결코 상관의 명령을 거역하는 법이 없었다.

압도적인 전력으로 적을 파괴하는 전장의 병기!

동시에 엄격한 군율로 백성에게 피해를 입히지 않는 모습은 적들에게 알려질 정도로 유명했다.

상관의 명령에 절대 복종! 선량한 백성을 향한 약탈 금지!

이 두 가지 구호는 절대적인 무기가 되어 적진에 속한 백성들이 앞다투어 항복을 할 만큼 레디븐 백작가의 저력은 무서웠다.

삼만의 정예병을 거느리고 쳐부순 적의 숫자는 물경 칠만.

다섯 개의 가문이 모든 병력을 끌어모아 저항했지만 승자는 레디븐 백작이었다.

빠른 걸음으로 다가온 카이후가 다음 일정을 알려주었다.

"이제 남은 것은 알티모어 백작가입니다. 그곳을 점령하면 라이오너 후작가로 향하는 길이 열립니다."

"마지막인 만큼 쉽지 않겠군."

"쉽지는 않지만 어려운 상대도 아닙니다."

"라이오너 후작이 가만히 있을까?"

알티모어 백작가를 비롯하여 레디븐 백작에게 멸망당한 다섯 가문 모두 라이오너 후작의 입김을 강하게 받고 있던 곳이었다.

"가만히 있지 않더라도 위클린 공작과 아스트롱 공작가를 점령하기 위해 전력을 기울이고 있는 상황입니다. 알티모어 백작가를 돕는 것은 쉬운 일이 아닐 것입니다."

"우리의 진군이 빠른 까닭도 있겠지."

"예, 일찍이 이토록 빠른 속도로 이렇게 많은 영토를 접수한 정복자는 없었습니다. 주군이야말로 유일무이한 인물이십니다."

"흠! 얼굴에 기름칠을 해주는 것은 좋지만 알티모어 백작이 남아 있는 만큼 자제했으면 좋겠군."

"알겠습니다. 알티모어 백작은 주군의 진격 속도에 놀라 정면 대결을 포기한 채 수성에 총력을 기울이고 있는 것으로 알려져 있습니다."

"굳이 그곳이 아니더라도 나머지 지방이 내 수중에 떨어졌으니 급할 이유는 없겠군."

"예, 알티모어 백작은 저희가 세운 계책대로 충실히 움직이고 있으며, 조용히 압박을 가한다면 제풀에 지쳐 주군에게 무릎을 꿇을 것입니다."

"그럼 나도 드디어 한 지방의 패자가 된 셈이군."

레디븐 백작령이 위치한 곳은 욤 지방.

황도에서 북동쪽에 위치한 이곳은 제국의 중부와 북부를 잇는 교통의 요지이자, 동부로 통하는 길목이기도 했다.

북으로 윈스터 후작가, 동으로 헤셀 백작가를 접한 레디븐 백작가의 상황은 실로 위태롭기 그지없었으나, 한량을 가장한 레디븐 백작의 철저한 준비는 욤 지방 통일이라는 위업을 달성하게 해주었다.

교통의 요지인 만큼 욤 지방에는 많은 인구가 상주하고 있었으며, 풍부한 식량 소출이 가능했다.

또한 산이 많아 방어에 능했기에 제국의 동부, 서부, 북부, 중부로 향할 수 있는 곳이다.

"이것으로 만족하지 않는다. 북의 윈스터 후작, 동의 헤셀 백작, 서쪽의 라이오너 후작 모두 만만치 않은 상대들이지만 그들을 상대로 우뚝 설 것이다. 카이후, 너의 힘이 필요하다.

제이안과 협력하여 날 도와라. 그럼 나 또한 너희에게 권력을 원한다면 권력을, 명예를 원한다면 명예를 줄 것이다."

제 옷처럼 굴던 한량의 껍질을 벗어버린 채 본래 지닌 영웅의 기질을 가감없이 드러내는 레디븐 백작을 보며 가늘게 몸을 떤 카이후가 힘차게 외쳤다.

"제 몸과 마음을 다하겠습니다, 주군."

로웰린은 갑작스럽게 자신을 찾아온 크레티아를 보며 순순히 그녀를 맞이했다. 손수 차를 우려내고, 자신이 만든 과자를 내어오며 입을 열었다.

"무슨 일이야?"

"제가 찾아온 이유를 아시면서 그러시는 거죠?"

"역시 그 문제니?"

"네, 그 문제예요. 지금 우리에게 그 문제보다 더 심한 건 없으니까요."

"그렇구나."

당돌한 그녀의 말에 로웰린은 한숨을 푹 내쉬었다. 안 그래도 크레티아가 찾아온 이유 때문에 한동안 잠을 제대로 이루지 못할 정도로 고민을 하곤 했다.

"언니는 어떻게 하실 생각이에요?"

"내가 무슨 힘이 있겠니."

"포기하거나 그럴 생각은 없고요?"

"…그런 식으로 경쟁자를 떨어뜨릴 수 있다고 생각했으면 오산이야."

"칫! 아쉽네."

자신의 속내를 정확하게 꿰뚫어보는 로웰린의 말에 크레티아는 웃으며 고개를 끄덕였다.

"정말 어떻게 하실 생각이에요?"

"방금 말한 그대로야. 내가 나선다고 해서 뭘 할 수 있는 것도 아닌데. 괜히 나섰다가 좋지 않은 일만 일으키게 될 것 같아."

"그래도요! 이대로 가만히 있으면 엄한 년… 아니, 여자가 들어오게 될 거라고요?"

"그래도 우리가 어쩔 수 있는 게 아니잖니. 그분의 눈에 우리가 눈에 차지 않았을 확률이 높으니까."

그 누가 티엘의 마음을 파고들 수 있을까.

그가 지닌 내면의 일부분을 엿본 로웰린은 한숨을 푹 내쉬었고, 크레티아도 고개를 절레절레 저었다.

제국 사대 미녀로 추앙받으면서 뭇 남자들의 뜨거운 눈빛을 받은 것이 하루 이틀이 아니었다.

그런 자신들이 한 남자의 마음을 사로잡지 못해 전전긍긍하는 상황이 닥치게 될 줄이야.

마음 착한 로웰린과 달리 크레티아는 입술을 꼭 깨물며 말했다.

"믿기지 않아. 아직도 파티 같은 곳에 참가하면 남자들이 우르르 따르는데. 대체 어떻게 된 남자이기에 날 이런 꼴로 만드는 거야."

날카롭게 말을 했지만 뒤에 가서는 한탄에 가까운 어조였다.

그럼에도 가만히 있는 로웰린을 보며 크레티아가 목소리를 높였다.

"이대로 있으면 안 돼요! 언니! 우리도 어떻게든 움직여야죠!"

"어떻게 말이니?"

"백작 부인! 백작 부인에게 찾아가는 거예요! 그리고 우리의 뜻을 알리는 거죠!"

"그분이 백작님의 어머니이시지만 결정권을 가진 건 아니라고 생각해. 찾아가서 조르는 게 오히려 역효과를 낳지 않을까?"

"그래도 안 하는 것보다 나아요. 언니는 그럴 생각이 없는 거예요? 이대로 상황이 흘러가게 놔두다가 엄한 여자가 채가게 두고 볼 만큼?"

사뭇 도발적인 어조에 로웰린의 표정이 어두워졌지만 고

개를 절레절레 저었다.

"아무래도 그건 좀……."

"알았어요. 그럼 저 혼자서라도 움직일게요. 대신 후회는 하지 마세요. 아무 행동도 하지 않고 후회하는 것만큼 어리석은 것은 없으니까."

"……."

로웰린의 말을 듣지도 않은 채 몸을 돌린 크레티아가 방을 벗어났다.

홀로 남은 그녀는 어두운 표정으로 중얼거렸다.

"내가 나서서 바꿀 수 있었으면 먼저 나섰을 거야……."

그 시각, 티엘은 마리아의 부름을 받고 그녀와 만남을 갖고 있었다.

방에 들어서기 무섭게 코로 파고드는 그윽한 차향은 몸의 긴장을 풀어주고, 머리를 맑게 해주는 듯 상쾌함을 전해주고 있었다.

"부르셨습니까."

"어서 오렴. 할 이야기가 있어서 그런데 자리에 앉겠니?"

"예."

고개를 끄덕인 티엘이 자리에 앉자, 마리아는 찻잔을 들며 한 모금 들이켰다.

"맞선에 대해 이야기할 게 있어서 불렀단다."

"그럴 것 같았습니다. 상대가 정해졌습니까?"

"아니, 아직 정하지 못했지."

"역시, 저번 맞선 사건의 파장이 컸나 봅니다."

그렇게 말을 하는 티엘의 태도에 별다른 아쉬움이 묻어나오지 않았다.

태연하기만 한 모습에 마리아는 저도 모르게 실소를 흘리며 대기하고 있던 하녀에게 손짓을 했다. 그리고 잠시 후, 하녀는 서류 한 뭉치를 낑낑거리면서 가지고 와 마리아 옆에 쌓아놓기 시작했다.

"이게 뭔지 아니?"

"모르겠습니다."

"너와 맞선 보길 희망하는 여자들의 목록이란다."

"…많군요."

수십 번의 맞선을 단 한 번도 성공으로 이끌지 못한 실패 신화의 자신에게 이토록 많은 제안이 들어왔다는 사실에 티엘은 적잖이 놀란 표정을 지었다.

"과거와 위상이 달라졌다는 걸 의미하지. 하지만 나는 이 제안 대부분을 거절했단다."

"이유가 무엇입니까?"

티엘이 결혼을 하고, 후계자를 낳아 가문이 안정화되는 것은 마리아의 염원이었다. 가장 간절하게 바라야 할 그녀가 맞선을 거절했다는 사실이 그로서는 의아하게 여겨질 수밖에 없었다.

"맞선 신청이 들어온 이들 중 대다수가 괜찮은 아이들이지만 과거와 현재의 가문 위상은 하늘과 땅처럼 큰 차이가 있다고 생각한단다. 자연히 격에 어울리는 상대를 찾게 되었고, 이들 대부분이 목록에서 제외되었지."

"격에 맞는다면 맞선을 볼 수 있는 상대는 몇 되지 않겠군요."

티엘의 목소리가 묘하게 들떴다.

압도적인 무위로 적을 베어버리는 힘을 지닌 그였지만 가장 힘든 것이 여자를 상대하는 것이다.

변화무쌍한 감정 기복과 자그마한 것까지 모두 따지는 기초 예절까지. 생전 듣도 보도 보지 못한 것에 배려를 원하는 행동을 티엘은 전혀 이해하지 못했다.

"그렇겠지."

"어머니의 뜻대로 따르겠습니다. 저는 아무런 불만이 없습니다."

"그럼 시간이 걸려도 기다려 줄 수 있겠니?"

"물론입니다."

얼마든지 기다릴 수 있다는 말이 목구멍까지 올라왔지만

입으로 내뱉지는 않았다.

가볍게 고개를 끄덕인 마리아는 한시름 놓은 듯 미소를 지었다.

"그럼 찬찬히 둘러보도록 하마. 너무 늦는다고 타박하지 말고."

"전 괜찮습니다. 걱정하지 마시길."

미소 지으며 말하는 태도에 마리아도 안심하고 도란도란 대화를 나누었다.

'일이 나쁘지 않게 돌아가는군.'

돌아가는 정세도, 집안 문제도 모두 만족스러운 티엘이었다.

콰앙!

주먹으로 옥좌를 내려친 히드로 2세의 표정은 형편없이 구겨져 있었다.

자존심에 깊은 상흔이 새겨진 그는 당면한 상황이 믿을 수 없는 듯, 감정 가득 실린 목소리로 외쳤다.

"크으! 어찌, 어찌 일이 이렇게 되었단 말입니까!"

"……."

곁에 서 있는 하브리스 공작은 입을 다물었다.

모든 일의 시초는 다름 아닌 히드로 2세.

자신이 벌인 일이었고, 그 대가를 치르는 만큼 하브리스 공작이 나설 여지는 어디에도 존재하지 않았다.

"일이 이렇게 흘러가다니……."

황궁을 중심으로 돌아가는 제국의 정세는 히드로 2세에게 있어 최악의 방향으로 향하고 있었다.

국정 회의에서 분노를 토로한 것은 순간 욱하는 감정을 제어하지 못한 것도 있지만 이면에는 어느 정도 계산이 깔려 있었기에 실행으로 옮긴 것이다.

자신은 제국의 황제다. 황제는 제국을 지배하며, 그 대지 안에 살고 있는 모든 이들은 자신의 명령에 복종해야 한다.

그렇기에 주제를 모르고 있는 귀족들에게 일갈을 터뜨린 것이다.

너희가 경외하고, 주군으로 모셔야 할 존재가 다름 아닌 제국의 지배자인 황제라고. 칼을 들고 설치는 클레디오 백작이 아니라고 말이다.

하지만 결과는 그러지 못했다. 아니, 최악이었다.

이미 귀족들은 자신을 황제라고 생각하지 않고 있었다.

아무리 좋아도 허수아비 황제, 그 이상은 없었다.

국정 회의에서 귀족들을 향해 불신의 말을 내뱉으며 반전의 기회를 꾀했지만 돌아온 것은 철저한 무시 그 자체였다.

히드로 2세는 분노하며 상황을 뒤집으려고 했지만 허수아비 황제가 할 수 있는 것은 아무것도 없었다.

그가 나설수록 귀족들은 더욱 단단하게 연합했고, 그 힘의 크기는 감히 히드로 2세가 넘을 수 없는 현격한 차이를 만들어냈다.

자업자득.

그제야 자신의 잘못을 깨달은 히드로 2세였지만 그것을 인정하기보다 제국의 황제인 자신을 무시하고, 권력을 제멋대로 휘두르는 귀족들에 대한 분노가 컸다.

'…좋지 않군.'

분을 삭이지 못하고 감정을 그대로 드러내는 히드로 2세를 보면서 하브리스 공작은 치밀어 오르는 한숨을 참아내며 고개를 저었다.

최악의 상황에 최악의 한 수를 내놓아 패망을 자초한 것이 자기 자신임에도 그 결과를 받아들이지 않는 모습은 다분히 실망스러운 것이었다.

'설사 맹약을 어기더라도 권위를 세우는 것은 어려울 것이다.'

근위기사단장이 되면서 맹세한 맹목적인 충성심.

그것을 따라 한평생을 살아왔지만 당대 황제에 이르러 그 힘을 회복할 수 있을지 여부에 대해서 회의감이 들었다.

"하브리스 공작!"

"예, 폐하."

"공작님이라면 클레디오 백작을 상대할 수 있지 않습니까?"

"……."

순간 하브리스 공작의 입이 막혔다.

클레디오 백작과 자신은 같은 반열에 서 있는 절대강자.

하지만 제국 최강으로 추앙받는 것은 자신이 아닌 클레디오 백작이었다.

이미 그는 무수히 많은 전투에서 자신의 신위를 증명했고, 압도적인 실력으로 사람들의 의심을 확신으로 만들어주었다.

그에 반해 자신은 근위기사단장이 되었지만 황제를 지켜야 한다는 점에서, 함부로 나설 수 없다는 점에서 비교가 커질 수밖에 없었다.

이미 클레디오 백작은 제국 최강이었고, 나아가 대륙 최강을 넘볼 수 있는 실력자였다.

그는 젊었고, 나이가 든 자신은 실력의 진보보다 퇴보가 빠를 시기였다.

단순히 비교하더라도 그 차이는 분명했다.

"말해보시오!"

"…저는 클레디오 백작을 감당하기 힘듭니다."

자존심이 부서졌다.

굳이 겉으로 드러낼 필요가 없음에도 꺼내놓아야 하는 진실은 그의 드높은 자존심을, 황제에 대한 맹목적인 충성심을 산산조각 내버렸다.

"그렇습니까, 그렇다면 어쩔 수 없지요. 근위기사단으로 황궁을 수복하고 제국의 충신들을 끌어 모을 기회도 주어지지 않는다는 말이로군요."

실망이 섞인 목소리.

하지만 절대적인 충성심을 바치던 한 충신의 믿음이 깨져나가는 것은 그보다 몇 배가 더 큰 가치를 지니고 있었다.

아무리 실망스럽고, 아무리 비교가 되더라도 히드로 2세는 자신의 주군이다.

하브리스 공작은 마음속 깊이 간직하고 있던 마지막 방안을 꺼내 들었다.

"한 가지 방법이 있습니다."

"그게 무엇입니까?"

"공개적인 도움 요청입니다."

"공개 요청?"

"폐하께서는 비공식적으로 제후들에게 도움을 요청하셨습니다. 이는 자칫 폐하의 간절함이 약해 보일 수 있는 여지가 있고, 진정성에 의심을 받을 수도 있습니다. 클레디오 백작과 같이할 생각이 아니시라면 공개적으로 도움을 요청하고, 강력한 제후를 황도로 들이는 것도 좋은 방법이 될 것입니다."

"……."

히드로 2세는 턱을 매만지며 생각에 빠져들었다.

대놓고 클레디오 백작과 대립할 생각은 없었지만 국정 회의의 분노 표출은 해석의 확대를 낳아 클레디오 백작과 척을 지는 상태가 되었다.

이 상태에서 더 많은 변화는 없을 것이다.

그저 리그디스 공작이 집권하던 시절 그대로 허수아비 황제 노릇만 하면 되니.

하지만 그렇게 가만히 앉아 무기력하게 귀족들이 치고받고 싸우는 모습을 지켜보기는 싫었다.

주먹을 움켜쥔 히드로 2세가 하브리스 공작을 보며 말했다.

"나쁘지 않은 방법입니다. 공개적으로 나를 보좌하여 제국의 발전을 이끌 제후를 이곳 황도로 불러들일 것입니다."

"현명한 결정이십니다, 폐하."

고개를 숙인 하브리스 공작의 눈은 복잡했다.

'부디 이것이 성공으로 이어지기를…….'

더 이상 히드로 2세에게 실망감을 느끼기 싫었고, 맹약에 묶여 나서지 못하는 자신의 모습에 무기력함을 느끼기 싫었다.

그의 충언은 제국에 다시 한 번 거대한 폭풍을 일으킬 계기를 만들어주었다.

제4장

임계점

마리아와 이야기를 나누고 돌아올 때까지만 해도 티엘의 기분은 굉장히 좋았다.

하지만 그 기분은 집무실에 들어오는 순간, 급전직하하고 말았는데, 아무도 없어야 할 곳에 가녀린 체구의 여성이 앉아 있던 것이다.

잠시 멈칫했던 티엘은 곧바로 자신의 자리로 돌아가 앉으면서 다소곳한 자세로 차를 들고 있는 여인에게 물었다.

"무슨 일이지?"

"대화하고 싶어서 찾아오게 되었어요."

"대화?"

"네, 어렵나요?"

"어려울 건 없지. 차가 더 필요한가?"

"아니요, 이거면 충분한 걸요."

티엘을 찾아온 여인은 다름 아닌 로웰린이었다. 크레티아와 대화를 나눈 뒤, 답답한 마음을 참지 못한 그녀는 마리아가 아닌 티엘을 직접 찾아온 것이다.

"나와 대화하고 싶은 내용이 뭐지?"

"하고 싶은 말이 있어서요."

"말해보도록."

"…백작님은 여성에게 무드가 없다는 말을 들은 적이 없으신가요?"

근황을 묻거나 잡다한 이야기는 전혀 배제한 채 곧바로 용건에 들어가는 태도에 로웰린은 원래 그런 사람이란 걸 알면서도 질문을 던졌다.

"무드가 없다는 말은 들어보지 못했지만 재미가 없다는 말은 들어봤지."

"그것도 딱이네요, 백작님과 대화를 나누면 재미가 없어요. 아세요?"

"음!"

직설적인 그녀의 말에 티엘은 신음을 흘렸다.

항상 나긋나긋하던 그녀가 직설적으로 말을 하는 모습이 어색했던 것이다.

　그것도 잠시, 이내 그의 눈이 가늘어졌다.

　"설마 술?"

　"아, 아니거든요?"

　"맞군."

　당혹스러워 하는 로웰린을 보다가 품속에 슬쩍 모습을 드러내고 있는 술병을 보고는 확신을 갖게 되었다.

　"후! 제정신에서는 이야기하기가 힘들 것 같아 한 잔 마셨어요. 백작님은 제게 왜 찾아왔냐고 물어보셨죠?"

　"말할 마음이 생겼나?"

　"원래 말할 생각이었어요. 백작님! 저번에 저와 나눈 대화 기억하시나요?"

　"기억이 안 나는데."

　"…저와 마음을 열고 좋은 만남을 이어나가자는 말, 기억 나지 않으세요?"

　방금 전까지 날 선 목소리를 내다가 이제는 울먹거리는 모습을 보이자, 티엘은 적잖이 당황하고 말았다.

　'무슨 여자가 이렇게…….'

　마치 환검을 쓰다가 갑자기 중검으로 바꾼 것처럼 변화무쌍함 그 자체였다.

"기억하고 있다."

"그런데 왜 그러신 거예요?"

"뭘 말하는지 모르겠군."

티엘의 말은 진심이었다. 자신이 무엇을 잘못했는지, 그녀가 왜 이런 모습을 보이는지 하나같이 의문투성이였다.

진심이 담긴 그의 말에 멈칫한 로웰린의 입에서 깊은 한숨이 흘러나왔다.

"후우! 저와 좋은 만남을 이어나가기로 하셨으면 서로 대화도 나누고, 식사도 하면서 차근차근 관계를 쌓아나가야 하는 게 아닌가요? 그런데 백작님은……."

뒷말은 차마 잇지 못했다. 그것은 여인으로서 한 번도 느껴보지 못했던 모멸감이었다.

눈물을 글썽거리는 로웰린을 보며 티엘은 자신의 잘못이 있는지 진지하게 생각에 잠겼다.

하지만 나온 결론은 '없음' 이었다.

그녀의 입에서 좋은 만남이란 말이 나온 것은 사실이고, 자신도 거기에 동조한 것은 사실이다. 하지만 그녀의 눈에 눈물이 흘러나오게 할 만한 행동은 맹세코 한 번도 한 적이 없었다.

"오해가 있었군. 내 말을 들어보겠나?"

"들을게요."

"분명 좋은 만남을 이어가자고 했지. 하지만 그 이후에 아무런 움직임이 없더군. 나도 바깥으로 전쟁이 바쁘고, 업무가 바빴지만 그것이 핑계가 아니더라도 서로 만나지 않았으니 좋은 만남이 되는 것은 자연히 어려워진 것이라고 생각한다만."

전쟁으로 바빴다고 해도 오래 걸리는 게 싫어서 초장에 카젤 국왕과 붙었고, 내부 업무가 바쁘다는 것은 거짓말이었다. 하지만 어느 정도 바빴다는 말은 거짓이 아니었다.

그의 변명에 표정을 일그러뜨린 로웰린이 소리를 빽 질렀다.

"제게 찾아오시지 않으셨잖아요!"

그동안 자신이 얼마나 티엘을 기다렸던가.

그럼에도 그의 방문은 없었고, 흔한 식사 자리도, 오붓한 데이트도 해본 적이 없었다.

결국 자연스럽게 흐지부지되면서 크레티아가 끼어들 여지가 생겼고, 둘이서 경쟁을 하는 처지에 이른 것이다.

그마저도 맞선을 본다고 하니 경쟁자가 늘어나게 되는 것은 명약관화했다.

하나, 그것은 어디까지나 로웰린의 생각일 뿐, 티엘은 달랐다.

"내가 왜 그래야지?"

"네?"

"내가 왜 찾아가야 한다는 뜻이지?"

"그건……."

말을 하려던 로웰린은 순간 아차 했다. 티엘이 정상적인 범주로 생각해서는 안 될 인물이란 걸 떠올린 것이다.

연애를 단 한 번도 해본 적 없는 그에게 있어 남자가 여자를 찾아가야 한다는 식의 말은 이해가 안 될 수밖에 없었다.

흠칫하는 로웰린을 보며 티엘이 한마디 했다.

"이제야 잘못을 알아차렸나 보군."

"자, 잘못이 아니에요. 대부분의 경우 남자가 여자를 찾아간단 말이에요."

"좋은 만남을 이어가자고 한 건 그쪽으로 알고 있는데? 그럼 내가 시간이 날 때 찾아와야 하는 것 아닌가?"

"……."

결국 관점의 차이에서 발생한 사소한 오해였다.

사교계에 몸담은 로웰린은 당연히 남자가 여자를 에스코트해야 한다는 고정관념에 빠져 있었고, 티엘은 그런 개념 자체가 없다 보니 로웰린이 화를 내는 이유 자체를 이해하지 못하고 있었다.

"하아! 이 이유 때문에……."

진실을 알게 된 그녀는 극심한 허탈감에 사로잡혀 망연히 중얼거렸다.

실의에 빠진 그 모습은 남자의 마음을 뒤흔들기에 부족함이 없었다.

그것이 아니더라도 티엘은 중간에 무슨 오해가 있었으며, 그녀보다 자신에게 책임이 더 많다는 사실을 깨닫게 되었다.

아직까지도 그녀가 왜 화를 냈고, 왜 자신에게 찾아왔어야 했는지 말을 한 이유를 알지 못했다.

서로 모르는 사이이고, 한 번 보고 헤어질 거라면 말할 필요는 없지만 좋은 만남이란 이야기가 나왔던 만큼 그녀에게 평소 가지고 있는 생각에 대해 말해주었다.

"난 연애에 대해서 잘 모른다. 그러니 누군가를 배려하고 누군가에게 양보한다는 것도 서툴지. 이번 일도 어떻게 잘못되고, 어떻게 해결하는 것인지 모를 정도로."

"…이해했어요."

자신의 고정관념이 낳은 참사였고, 티엘이 욕을 먹어야 할 이유도 없었다.

순순히 인정하니, 티엘도 말을 하기가 한결 편해졌다.

"분명히 알아야 하는 것은 내가 그러한 사실들을 모르기에 좋은 만남을 이어나가려면 그 점을 감안해야 한다는 점이다."

"네, 목소리 높여서 죄송해요."

그제야 그녀는 깨달았다.

티엘에게는 연애의 정석처럼 여겨지는 밀고 당기기가 전혀 필요 없다고.

애가 닳은 쪽이 먼저 다가가는 것이며, 감정을 드러낸 쪽이 더 매달려야 하는 것이다. 여기에 제국 사대 미녀니, 고위 귀족 영애니 하는 요소들은 전혀 고려되지 않는다.

"이해를 했다니 다행이군."

"제가 잘못 생각한걸요. 그럼 마지막으로 한 가지 질문을 해도 될까요?"

"얼마든지."

"우리 다시 좋은 만남을 이어갈 수 있을까요?"

그 말을 하는 로웰린의 눈에는 전에 없던 도발적인 기운이 서려 있었다.

술은 사람을 용감하게 만드는 법.

평소라면 하지 못할 말이지만 술기운을 빌려 속에 품고 있는 마음을 대담하게 드러냈다.

"좋은 만남이라……."

턱을 매만지며 생각에 빠져드는 티엘.

오랜 시간 본 것은 아니지만 그동안 보아온 것만으로도 로웰린이 좋은 여인이라는 것은 알고 있다.

착한 성격과 예의 바른 행동, 아름다운 미모까지 삼박자를 고루 갖춘 그녀는 일등 부인감이었다.

'분명 괜찮지만.'

이 정도면 결혼하는 것도 나쁘지 않게 여겨졌다.

"상관없겠지. 하지만 어머니께서 맞선을 알아보고 있는 이상, 그것을 피할 생각은 없다."

"그래도 괜찮아요."

티엘에 대해서 어느 정도 알게 된 그녀는 자신감이 넘쳤다.

자신이 적극적으로 나선다면 관계 개선은 물론, 한 발자국 더 나설 수 있을 거라고.

'역시 술이 최고야!'

원래 술을 하지 못하는 그녀였지만 술기운을 빌려 감행한 고백은 결코 나쁘지 않았다.

한 발자국 더 나간 것일까.

뒤늦게 올라온 술기운에 얼굴이 붉어진 그녀의 얼굴에 미소가 맺혔다.

"…예쁘군."

그 모습을 본 티엘이 저도 모르게 중얼거렸고, 그 말을 들은 로웰린의 미소가 더욱 짙어졌다.

'크레티아에게 말하지 않아도 되겠지?'

이 값진 수확을 공유하는 것은 부정적이다, 이 생각이 그녀의 뇌리를 지배했다.

맞선 상대를 고르기 여념이 없던 마리아는 갑작스럽게 자신을 찾아온 손님을 맞이하느라 분주히 움직였다.

저녁 시간을 맞아 식사 자리를 차려놓은 마리아는 안으로 들어서는 여인을 보고 눈을 빛냈다.

성큼성큼 걸음을 옮겨 앞으로 다가온 여인이 다소곳하게 예를 취했다.

"처음 뵙겠습니다. 크레티아 아스트롱이라고 합니다."

"아스트롱 공작가의 영애가 아름답다고 들었지만 이 정도일 줄은 몰랐어요. 저도 인사드리겠어요. 마리아 로운이라고 해요."

"네, 종종 말씀을 들어 잘 알고 있어요. 편하게 크레티아라고 불러주세요."

"그래도 될까요?"

"그게 편한 걸요. 저도 편히 어머님이라고 부르고 싶은데 괜찮을까요?"

"…그러세요. 아니, 그러렴."

당돌하고 직설적이지만 밉지 않았다. 곧바로 치고 들어오는 크레티아의 행동에 멈칫한 마리아가 고개를 끄덕이며 미소를 지었다.

"저녁 시간이라서 식사를 준비했는데 괜찮지?"

"네! 저도 배고팠는걸요. 배가 고프면 머리가 잘 돌아가지도 않고. 감사히 잘 먹겠습니다."

"그래."

그리고 저녁 식사가 시작되었다. 차례대로 음식이 나오고, 간단한 신변잡기와 돌아가는 정세 등으로 대화를 나누며 서로에 대해 파악해 나갔다.

'잘 먹는구나.'

가문 내에 돌아다니는 소문을 모를 리 없던 그녀는 저녁을 먹고 있는 크레티아의 모습을 유심히 살폈다.

복스럽게 음식을 먹고 있는 그녀는 제국 사대 미녀라는 위명답게 아름다웠고, 구김살 없는 솔직함이 당당한 매력으로 다가왔다.

"그런데 무슨 일로 날 찾은 거니?"

어느 정도 분위기가 무르익었을 무렵, 마리아가 용건을 꺼내 들었다.

오늘 이 자리는 그녀가 아닌 크레티아의 요청으로 인해 이루어진 것이다.

"백작님에 대해 묻고 싶은 것이 있어서요."

"그걸 왜 나에게?"

"어머님이 백작님의 어머니시고, 그분에 대해 가장 잘 알고 계실 거라 생각했거든요."

노골적인 말에 어느 정도 적응이 된 마리아는 입가에 미소를 지으며 고개를 끄덕였다.

"틀린 말은 아니야."

"네, 아시겠지만 저는 백작님에게 관심이 굉장히 많아요. 솔직히 사랑이라고 하지는 못하겠어요. 하지만 사랑에 가까운 호감은 맞다고 생각해요."

"정치적인 그런 계산 없이?"

솔직한 대답에 마리아도 가식을 벗겨낸 솔직한 속내를 드러냈다. 정곡을 찔린 크레티아는 잠시 아무 말도 하지 못하다가 이내 한숨을 푹 내쉬며 대답했다.

"…솔직히 그 부분을 전혀 부인하지 않을게요. 저는 백작님의 모든 면에서 호감을 느끼고 있어요. 누구보다 강한 힘과 부하들을 휘어잡는 카리스마, 남의 눈을 의식하지 않는 당당한 모습까지. 제가 꿈꾸고, 제가 그리던 모습을 그대로 지니고 계세요."

"그렇구나. 내게 무엇을 묻고 싶은 거니?"

"백작님의 맞선을 주선 중이라고 들었어요."

"그 아이의 요청이었지."

"무슨 이유로 맞선을 원했는지 들을 수 있을까요?"

"……"

마리아는 입을 다물고 조용히 크레티아를 바라보았다. 티엘을 원하는 그녀 입장에서 맞선을 본다는 것은 자존심이 상하고, 한편으로는 위기감이 들었을 것이다.

다른 여인도 아니고 제국 사대 미녀란 타이틀은 가문의 능력과 개인의 역량이 포함되어 있기에 그렇다.

"그 아이의 어미지만 나도 솔직히 잘 모르겠단다."

"말도 안 돼요."

"사실이지. 하지만 그 아이가 어떤 유형의 남자인지 정도는 알고 있지."

"들을 수 있을까요?"

눈을 빛내며 다음 말을 기다리는 모습에 마리아는 미소를 지었다.

"그 아이는 직설적인 것을 좋아한단다. 돌려서 말하면 그 의미를 제대로 알아차리지 못하지. 로웰린도 좋은 만남을 이어나가자고 했지만 제대로 이루어지지 못한 것이 여인의 자존심을 내세웠기 때문이란다."

"자존심."

"티엘은 남자와 여자간의 밀고 당기기 같은 걸 몰라. 한 번 밀면 그대로 밀려 버리고 끌면 그대로 끌려오지. 그 점을 감안하면 된단다."

"아아……."

그제야 크레티아는 자신이나 로웰린이 왜 티엘의 마음을

얻지 못했는지 알 수 있었다.

일반적인 남녀 관계를 기반으로 깔아두고 그를 대하려고 했으니 밀면 더 멀어지고, 당기려고 할 때 당길 수가 없는 것이다.

"맞선에 관한 것은 그 아이가 부탁했기에 진행되고 있고, 수많은 제안이 왔지만 몇 개를 남겨두고 모두 정중하게 거절을 해놓았지."

"몇 개라면……."

"우리 가문에 어쩌다 보니 제국 사대 미녀 중 둘이 있으니 그 격에 어울리는 여인이라고 해야 할까?"

"……."

자신보다 부족함이 없는 여인이란 말에 크레티아는 입을 다물었다.

제국 사대 미녀에 비견된다면 같은 제국 사대 미녀라던가 아니면 그 후광을 감당할 수 있는 수준의 대가문 영애임이 분명했다.

"어머님의 생각은 어떠신가요?"

"어떤 부분을 말하는 거니?"

"며느릿감을 안에서 구하는 게 좋다고 생각하시나요, 아니면 밖에서 구하는 게 좋으신가요?"

"나는……."

자극을 줘서 분발하게 만들려다가 일격을 먹은 마리아가 말끝을 흐렸다.

　그 부분에 대해서 아직 명확하게 정해놓은 부분이 없었던 것.

　로웰린이 괜찮은지, 크레티아가 괜찮은지.

　아니면 맞선으로 데려올 여인이 괜찮은지.

　"대답해 주세요, 어머님."

　당돌한 공녀는 마리아가 깊게 생각할 틈을 주지 않았다.

　"누구든 상관없단다."

　"네?"

　예상했던 것과 다른 대답에 크레티아가 눈을 동그랗게 떴다.

　"내 아들을 행복하게 해줄 여인이라면 누구든지 괜찮단다. 내 말이 틀리니?"

　"아, 아니요……."

　강한 의지가 실린 그녀의 말에 크레티아는 더 강하게 밀어붙이지 못했다.

　어찌 되었든 자신의 시어머니가 아닌가!

　당돌한 모습을 보이되, 이겨 먹으려는 모습을 보이면 그때부터는 마이너스였다.

　수줍게 고개를 숙이며 부끄러운 듯한 모습을 보이며 마리아에게 물었다.

"어머니가 보시기에 전 어떤가요?"

"아름답고 솔직한 영애?"

"다른 건 없나요?"

"티엘에게 잘 어울리거나 그런 걸 말하는 거니?"

"…네."

일련의 모습들도 결국 잘 보이기 위함이고, 티엘과 좋은 관계로 발전하기 위한 노력이었다. 그런 행동 하나하나가 예뻐 보이는 것을 느끼며 마리아는 미소를 지었다.

"보기에 잘 어울릴 것 같은 느낌은 드네. 하지만 티엘이 워낙 종잡을 수 없는 아이라서, 정말 그 아이에게 좋은 감정이 있다면 응원을 아끼지 않을 테니 열심히 해보렴."

"감사합니다!"

미래에 시어머니가 될 분의 간접적인 허락을 얻어낸 크레티아가 활기차게 대답했다.

로운 백작령이 티엘을 둘러싼 연애 전선에 불길이 피어오르기 시작할 무렵, 제국은 히드로 2세의 행보에 연일 뜨겁게 달아오르고 있었다.

처음은 국정 회의에서 귀족들을 향해 공개적으로 분노를 터뜨린 것이다.

이로 인해 귀족들의 신임을 잃은 히드로 2세는 정치적으로 고립되며 힘을 잃었다.

그러던 중, 다시 한 번 공개적으로 정치적 움직임을 보임에 따라 거센 파도가 몰아치는 것처럼 황도 전역이 들썩이기 시작했다.

공개적인 도움 요청!

정치적으로 고립된 히드로 2세는 각 지방의 패자인 세 영주에게 황도로 군대를 이끌고 와서 도움을 달라는 파병 요청을 한 것이다.

이는 정계를 발칵 뒤집어 놓을 만한 큰 사건이었다.

중앙 정계 귀족들은 즉각 반발하며 회의를 열어 히드로 2세를 성토하기 바빴다.

"말도 안 되는 일입니다! 지방 귀족에게 도움 요청이라니요! 이는 우리들의 충심을 무시당한 행위입니다."

"맞습니다! 우리가 제국을 위해 얼마나 많은 노력을 하고 있는데! 이는 제아무리 폐하라고 해도 해서는 안 되는 행동입니다!"

당장에라도 제재를 가할 것처럼 목에 핏대를 세우면서 의견을 내놓기 바빴지만 그들이 할 수 있는 일은 한계가 존재했다.

상대는 다름 아닌 제국의 황제다.

자신들이 충성 맹세를 한 인물이며, 권력을 잃었다고 하여 그 상징성이 사라진 것은 아니다.

오히려 자신들의 권력을 쥐기 위해서라도 황제의 존재는 반드시 필요했다.

"하지만 우리가 할 수 있는 일이 많지 않소?"

"그래도 어느 정도 제동을 걸어야 합니다. 폐하께서 계속 이런 경거망동을 한다면 앞으로 제국은 사분오열 찢어지게 될 것입니다. 제국을 위해서라도 우리가 앞장서서 나서야 합니다."

격렬한 성토 가운데 늘 대립하던 일레트로 후작과 게스틴 후작이 처음으로 손을 잡았다.

상대를 깎아내리고, 좀 더 많은 권력을 차지하기 위해 다투었지만 히드로 2세가 날뛰는 지금 상황에서는 힘을 합쳐 대응해야 했다.

"어떤 불손한 무리가 폐하를 현혹할 수 있으니 경계를 강화하는 것이 어떻소?"

"좋은 방법인 것 같소. 더불어 황궁의 경계를 강화하고, 드나드는 절차를 강화하는 것이 좋은 것 같은데."

두 권력자의 의견이 합쳐지면서 히드로 2세의 경계 강화는 삽시간에 이루어졌다.

말이 강화일 뿐, 사실상 감시를 하는 것과 같았다.

더하여 그들은 클레디오 백작을 설득하고자 나서기에 이르렀다.

이번 공개 요청은 사실상 클레디오 백작을 내치겠다고 한 것과 같았다.

그와 무관하지 않기에 서로 상호 협의, 일레트로 후작이 설득을 하기로 나서게 되었다.

자택에 틀어박혀 수련 삼매경에 빠져 있던 클레디오 백작은 일레트로 후작의 방문 소식을 듣고, 응접실 안으로 들어섰다. 수련을 방해받은 그의 표정은 그리 좋지 못했다.

그 사실을 모를 리 없는 일레트로 후작이 곧바로 자리에서 일어나 인사를 했다.

"또 뵙습니다."

"무슨 일이지?"

"상의 드릴 것이 있어 찾아왔습니다. 아마 소식을 들으셨으리라 생각합니다."

"그것 때문이군. 올 수도 있다는 말을 들었는데, 사안이 심각한 것인가 보군."

수련을 방해받았음에도 다른 제재 없이 일레트로 후작을 들인 것은 그가 있음으로 인해 자신이 편하게 수련에 매진할 수 있기 때문이다.

일레트로 후작은 영리했고, 정계에서 노회한 여우 같은 인물이다. 자신이 무엇을 원하는지 정확하게 꿰뚫고 있으며, 제 이익을 챙기고, 자신의 무리를 아우를 줄 알았다.

"사실상 백작님을 내치겠다는 의지입니다. 절대 좋은 일이 아니라 할 수 있습니다."

"내친다라……."

"황제 폐하의 힘은 작으나 명분을 등에 업은 영주들이 몰려든다면 결코 쉽지 않습니다. 외부의 적은 백작님의 무력으로 막아낼 수 있지만 내부의 적은 아군의 균열을 불러일으킵니다."

"……."

틀린 말 하나 없기에 입을 다문 클레디오 백작이 생각에 잠겼다.

그것도 잠시, 복잡한 정치 문제를 생각하기 싫었던 그가 인상을 찌푸리며 되물었다.

"내가 어떻게 하길 원하지?"

"백작님의 뜻대로 하시면 됩니다."

"내 뜻?"

"그렇습니다. 어차피 모든 것은 백작님의 결정에 따라 바뀌는 일 아니겠습니까? 그러니 백작님이 결정하면 저희의 운명도 그에 맞게 바뀔 것입니다."

"그렇군, 운명이라……."

그러한 것들에 얽매인 적이 없었지만 틀린 말도 아니었다. 자신의 결정에 따라 어느덧 늘어난 식구들의 운명도 같이하게 될 것이다.

작게 고개를 끄덕인 클레디오 백작이 축객령을 내렸다.

"조만간 결정을 내리고 황제를 찾아가겠다."

"좋은 판단하시길 기원합니다."

자리에서 일어난 일레트로 후작이 망설이지 않고 물러났다.

그 모습을 물끄러미 바라보던 클레디오 백작이 카르딘 남작과 하멜 남작을 호출했다.

"소문을 들어서 알고 있겠지."

"예."

"알고 있습니다. 당장 황궁으로 쳐들어가면 됩니까?"

짧게 대답하는 카르딘 남작과 달리 하멜 남작은 얼굴 가득 분노를 일으키며 사납게 으르렁거렸다.

"의견을 듣고 싶어 불렀다."

"당장 쳐들어가서 본때를 보여주어야 합니다! 주군 덕분에 리그디스 공작에게 벗어날 수 있었던 것을 잊은 황제는 배은 망덕한 인물입니다. 이 기회에 확실하게 버릇을 고쳐주는 것이 좋습니다!"

리그디스 공작이라는 맹수를 몰아내고 자유를 찾아주었지만 돌아온 것은 토사구팽이었다. 끊고 맺는 은원 관계가 정확한 하멜 남작에게 있어 히드로 2세의 공개 요청은 반드시 응징해야 할 사건이었다.

"조금 더 냉정하게 생각해야 합니다."

"무슨 말을 하는 거냐!"

"우리가 강하게 나가면 황제의 의견이 옳다는 것을 증명하는 꼴밖에 되지 않는다. 좀 더 머리를 차갑게 식혀서 어떻게 해야 확실하게 이득을 취할 수 있는지 계산을 하는 게 더 옳다."

"…그래, 너 머리 좋아서 좋겠다. 하지만 한 가지만 명심해라. 우리의 거병은 황제에게 큰 도움이 되었음에도 결국 우리를 물어뜯은 것을."

"충분히 알고 있다. 그리고 그것 때문에 신중하길 원하는 것이고."

서로 자신의 의견을 밝힌 두 사람의 시선이 클레디오 백작에게 향했다.

이렇게 의견을 밝히더라도 결국 결정을 내리는 것은 그의 몫이다.

고민하던 그의 결정은 간단했다.

"황제를 만나겠다."

"훌륭하십니다!"

카르딘 남작과 하멜 남작 두 사람은 동시에 그렇게 외쳤다.

결정을 내린 클레디오 백작의 행보는 망설임이 없었다.

자신의 생각을 밝힌 다음 날 아침이 되기 무섭게 말을 몰고 황궁으로 향했다.

제국 최강이라는 위명을 과시하기라도 하듯, 호위를 일절 거느리지 않았다.

황궁을 지키고 있는 근위병은 홀로 등장한 클레디오 백작을 알아보지 못하다가 이내 그의 얼굴을 알아보고는 경악성을 터뜨렸다.

"헉!"

"폐하를 뵈러 왔다."

"……."

"언제까지 그러고 있을 거지?"

"죄, 죄송합니다! 즉시 보고를 올리도록 하겠습니다."

이른 아침 클레디오 백작의 방문은 황궁에 큰 파장을 일으켰다.

이미 히드로 2세는 공개적으로 그를 내치고, 황권 강화를 위해 힘을 보탤 영주를 물색하는 중이었다. 마주치기 껄끄러운 상황이었지만 히드로 2세는 클레디오 백작의 방문을 거절할 수 없었다.

만약 여기에서 밀리는 모습을 보이면 황권은 바닥 밑으로 추락하여 존속조차 어려워질 확률이 높았다.

하브리스 공작이 편안해 보이는 히드로 2세에게 주의를 주었다.

"폐하, 마음을 단단히 굳히셔야 합니다."

"아무리 제국 최강이라고 하나 제국의 지배자인 짐을 해하려 들겠소?"

"클레디오 백작은 위아래가 없는 사람입니다. 자신을 모시는 주군을 몰아낸 것은 반역에 가까운 것. 자신에게 전폭적인 지지를 보내주던 리그디스 공작을 몰아낸 것이 클레디오 백작임을 잊지 마시옵소서."

"…알겠소."

그제야 정신이 든 듯 표정을 굳힌 히드로 2세가 굳은 표정으로 앞을 바라보았다.

잠시 후, 대전 문이 열리면서 클레디오 백작이 안으로 들어섰다.

일정 거리 안으로 들어선 그는 더 이상 걸음을 옮기지 않은 채 히드로 2세를 바라보았다.

아무런 기세도 일으키지 않고 있지만 눈을 마주하는 것만으로 히드로 2세의 얼굴에 땀이 송골송골 맺혔다.

하브리스 공작이 앞으로 나서며 말했다.

"예를 취하지 않을 건가?"

"…황제 폐하를 뵙습니다."

"무릎을 꿇고 예를 취하라, 클레디오 백작!"

"날 공개적으로 내치려는 자에게 이 정도 예를 취하는 것만으로도 고맙게 여겨야 하는 것 아닌가?"

"뭐라!"

"아니면 이 자리에서 검을 뽑기라도 해야 하나?"

콰콰콰콰!

클레디오 백작을 중심으로 강렬한 기세가 폭풍처럼 휘몰아쳤다.

공간을 장악하는 그의 기세는 절대강자라는 위명이 헛된 게 아니란 걸 증명하듯 어느새 포위망을 구축한 근위기사들의 진영을 뒤흔들었다.

"헙!"

"크으으!"

곳곳에서 신음이 터져 나오며 포위망이 크게 흔들렸다. 하지만 제국의 근위기사단이라는 위명이 헛된 게 아닌 것처럼 이를 꽉 깨물며 클레디오 백작의 기세에 대응했다. 이미 몇몇은 내상을 입고 자리에서 허물어져 있었다.

"멈춰라!"

노호성을 터뜨린 하브리스 공작이 번개처럼 앞으로 쏘아졌다. 동시에 기세가 공간을 꿰뚫고 터져 나오면서 두 절대강자의 기세가 대전 중앙에서 충돌했다.

펑!

기세의 충돌 여파가 휩쓸기 무섭게 대전 기둥 하나가 가루로 변하면서 사라졌고, 벽이 터지면서 잔해가 사방에 비산했다.

기세의 폭풍에 두 신형이 뒤로 밀려났다. 두 걸음 물러나는 것으로 여파를 해소한 클레디오 백작이 입꼬리를 말아 올렸다.

"제법이군."

"으음! 예를 갖추지 않을 것인가."

"내가 말한 그대로다."

"정녕……."

"그만! 그만하라, 하브리스 공작!"

끝까지 굽히지 않는 태도에 하브리스 공작이 검에 손을 가져가려 하자, 뒤에 자리하고 있던 히드로 2세가 외쳤다.

"그만 됐다, 하브리스 공작. 더 문제 삼지 말고 뒤로 물러나라."

"예."

멀리 떨어져 있음에도 두 초인의 충돌을 지켜본 히드로 2세의 안색은 하얗게 질려 있었다. 단순히 대전을 뒤덮은 기세만으로 심적 충격을 받은 것이다.

'유약한 모습을 보이시면 안 되거늘……'

목구멍까지 치밀어 오른 실망감을 억누르면서 히드로 2세의 곁에 섰다.

"클레디오 백작."

"……"

"이제는 대답까지 안 할 생각인가?"

"말하도록."

"이제는 존대마저 하지 않는군. 그렇게 볼 정도로 내가 부족한 황제였던가?"

"스스로 알고 있으면서 되묻는 것은 확신을 얻기 위함인가?"

자조 섞인 그의 말을 냉소로 받아치는 클레디오 백작이었다.

"그렇군. 내가 부족하다는 뜻이로군. 내 뜻으로 즉위한 것도 아니며, 리그디스 공작의 폭정 아래 아무런 정치도 펼쳐보지 못했다. 단 한 번의 기회조차 없었는데 그럼에도 내가 부족하단 뜻인가?"

"기회조차 얻어내지 못하는 것은 무능력의 산물일 뿐."

"그렇군, 하하! 하하하!"

폐부를 후벼 파는 클레디오 백작의 말에 히드로 2세는 웃음을 터뜨릴 뿐이었다.

"……"

그 안에 담긴 분노와 슬픔을 느낀 하브리스 공작은 아무 말도 하지 않은 채 날카로운 눈으로 클레디오 백작을 노려볼 뿐이었다.

"하고 싶은 말은?"

"날 내치려고 하더군."

"그렇다면? 황제를 갈아치우기라도 할 생각인가?"

이미 그의 불경은 도를 넘은 상태.

히드로 2세는 직설적으로 클레디오 공작의 속내를 캐내려고 했다.

그리고 그는 굳이 그 말을 부인하지 않았다.

"필요하다면. 굳이 그럴 이유는 느끼지 않고 있지만."

"무슨 뜻이지?"

"황도를 떠날 것이다."

"떠난다? 지금 이 모든 기반을 버리고 떠나겠다는 것인가?"

이해하기 어려운 결정이 아닐 수 없었다. 클레디오 백작은 입꼬리를 말아 올리며 짧고 굵게 말했다.

"주변 상황을 제대로 알지 못하는 머저리에게 할 말은 없다."

"부담스러웠나."

짧은 조소에 클레디오 백작이 멈칫하더니 입꼬리를 말아올렸다.

"착각하지 마라, 머저리 황제."

콰콰콰콰!

동시에 퍼져 가는 강렬한 기세. 전신을 강타하는 매서운 기세는 웃음을 짓던 히드로 2세를 경직되게 만들었다.

피부를 파고들어 근육을 가닥가닥 끊어놓는 것처럼 섬뜩한 기세가 연이어 몰아치는 경험은 결코 히드로 2세에게 죽음을 실감하게 해주었다.

"네놈⋯⋯!"

하브리스 공작이 당장에라도 달려들 것처럼 노호성을 터뜨렸지만 행동으로 옮길 수 없었다.

조소를 짓고 있는 클레디오 백작에게서 느껴지는 살기가 조금 전보다 더 강렬했던 것이다.

'이놈의 저력은 대체⋯⋯.'

절대강자의 반열이라고 하지만 눈앞의 클레디오 백작은 그 성취가 어디까지 도달했는지 도저히 가늠이 되지 않을 정도였다.

"내가 떠나는 이유는 귀찮은 일을 겪지 않기 위해서니까. 머저리 같은 네놈의 지금 결정이 어떤 결과를 낳든 나와 상관없는 일이다."

"……."

한마디 쏘아주고 싶은 마음이 굴뚝같았지만 히드로 2세는 입을 열지 못했다.

당장에라도 자신의 전신을 파헤칠 것처럼 쏟아지는 기세를 경고로 받아들였던 것이다.

"내게 필요한 것은 사르빌 지방뿐. 더 주고 싶은 것이 있나?"

사르빌 지방은 황도 남서부에 위치한 곳이다. 그곳의 동남부에 헤인조 지방이 있고, 서남부에는 칼헤린 지방이 존재한다.

전략의 요충지면서 많은 인구가 살고 있는 곳이기에 히드로 2세 입장에서는 반드시 필요한 지방이었지만 클레디오 백작을 떠나 보내기 위한 대가라는 점에서는 그리 적은 것이 아니었다.

"…허락한다."

"처음으로 현명한 판단을 하는군. 머리를 굴리지 않은 걸 다행으로 여겨야 할 것이다. 더 보고 싶지 않을 테니 물러가지. 사르빌 지방이 피로 뒤덮이는 걸 보고 싶지 않으면 조치를 취해놓도록."

그 말을 끝으로 클레디오 백작은 미련없이 몸을 돌려 자리를 벗어났다.

한 차례 폭풍이 휩쓸고 지나간 대전을 망연한 시선으로 바라보던 히드로 2세가 하브리스 공작에게 물었다.

"제가 정말 잘못된 선택을 한 것입니까?"

"……."

하브리스 공작은 그 물음에 대해 답을 해줄 수가 없었다.

"…하여 윈스터 후작은 폐하의 명을 받들어 군을 이끌고 황도로 오라!"

히드로 2세가 보낸 사신은 역할에 충실하여 윈스터 후작에게 공개적으로 황도에 들어서라는 교지를 전했다.

이는 황제의 명령이라는 대의명분을 가지고 황도로 무혈입성할 수 있는 절호의 기회였다.

하지만 가신들과 논의한 윈스터 후작의 대답은 정해져 있었다.

"폐하의 뜻은 감사하나, 현재 제국 북부에는 독립을 꿈꾸며 힘을 기르고 있는 노르앙 후작이 호시탐탐 이곳을 노리고 있습니다. 간악한 그들을 벌하기 위해서 당분간 북쪽으로 역량을 집중하고자 합니다. 폐하의 뜻을 받들지 못해 죄송하나이다."

교지 앞에 한쪽 무릎을 꿇고 자세한 상황을 전하는 윈스터 후작의 행동에 허점은 존재하지 않았다.

"하면 폐하의 명령을 수행하지 않겠다는 뜻이오?"

사신의 곱지 못한 음성에 윈스터 후작은 고개를 끄덕여 보였다.

"당장은 힘들다는 뜻입니다. 노르앙 후작은 이곳을 점령하기 위해 이십만에 달하는 대군을 집중시키고 있습니다. 방심하는 순간 모든 것을 잃을 수 있기에 당장 이곳의 방어가 시급합니다."

"크흠! 이십만이라니 대체 무슨……."

상식 밖의 숫자에 사신은 경악을 드러냈다가 재빨리 숨겼다.

일개 후작가가 이십만 대군을 동원할 수 있다는 것이 놀라울 뿐이었다.

제아무리 국경을 수비하는 변경백이라 해도 오만 이상의 군을 거느릴 수 없었다.

이 부분은 과장이 더해졌지만 실제로 노르앙 후작이 총동원을 하면 충분히 이십만 대군을 일으키는 것이 가능한 상황이었다.

"저들이 간악한 술수를 부리고 있는 만큼 최선을 다하여 막도록 하겠습니다. 이후, 폐하께서 처한 어려움을 타파할 수 있도록 모든 힘을 기울이겠으니 잠시만 시간을 주시면 됩니다."

명문가인 윈스터 후작가였기에 그 말 한마디에 담긴 힘은 결코 적지 않았다.

못마땅한 안색을 하고 있던 사신은 당면한 그들의 생각에 결국 고개를 끄덕일 수밖에 없었다.

"…알겠소. 폐하께 후작의 뜻을 전하도록 하겠소."

"감사하오."

사신을 설득하는 데 성공한 윈스터 후작의 입에 미소가 번졌다.

비슷한 시각, 윈스터 후작에게 향했던 것처럼 히드로 2세의 교지를 받아든 사신이 헤셀 백작령에 도착했다.

속내를 숨기고 입가에 미소를 지은 그는 도움을 요청하는 말을 듣고 양팔을 벌려 반겼다.

"오오오! 황제 폐하께서 내게 정식으로 도움을 요청하다니. 이보다 더 영광스러운 일이 어디에 있나."

"백작께서는 어서 군을 동원해 주시길 바랍니다."

"아아! 물론 폐하의 명령대로 따라야겠지. 하지만 우리에게도 나름대로 사정이 있다오."

"무슨 사정입니까?"

헤셀 백작이 입꼬리를 말아 올리며 당면한 상황에 대해 설명하기 시작했다.

"현재 우리는 십만에 달하는 군을 유지하고 있는데 이것의 유지비가 엄청나지. 폐하의 숭고한 뜻을 받아들여 역적들을 소탕하고 제국의 기강을 바로 세우고 싶으나, 군을 움직이기 위한 자금이 부족한 실정이지."

"얼마나 필요하기에……."

"최소 십만 골드. 주둔하는 시간이 늘어난다면 그 비용은 더 늘어나겠지."

"말도 안 되는 말입니다! 십만 골드라니! 정녕 폐하를 도와 제국의 기강을 세울 생각이 있는 것이오?"

헤셀 백작의 말에 사신이 인상을 찌푸리며 목소리를 높였다.

그도 그럴 것이 그가 말한 십만 골드란 금액은 그야말로 엄청난 것에 해당했다.

십만 군대도 좋지만 그 금액을 감당하게 되면 자연히 황실 재산은 파탄이 날 것이다.

"그럼 어쩔 수 없구려. 식량은 어느 정도 있지만 군을 움직이기 위해서는 돈이 필요한데, 그 자금이 없으니 아쉬운 일 아니겠소?"

말을 하는 헤셀 백작의 표정 어디에도 아쉬움이 묻어나오지는 않았다.

눈살을 찌푸리며 생각에 잠겨 있던 사신은 뻗대고 있는 헤셀 백작에게 자신이 할 수 있는 것이 아무것도 없음을 깨닫고는 양어깨를 축 늘어뜨렸다.

"폐하께 전하도록 하겠습니다. 자금을 지원받으면 되는 것입니까?"

"물론이오! 자금만 지원된다면 잘 훈련된 십만 정예병이 당장에라도 황도로 향하여 폐하를 받들어 모시는 것이 가능하지."

"한 번 부탁드려보겠습니다."

결국 아무런 수확을 얻지 못한 채 황도로 돌아가는 사신이었다.

그 뒷모습을 지켜보던 헤셀 백작은 한쪽 입꼬리를 말아 올렸다.

"흐흐, 십만 골드를 동원해도 상관이 없다. 그다음은 백만 골드고 그다음은 천만 골드일 테니. 열심히 머리를 굴리고 또 굴려보라, 황제여. 제국은 이미 침몰하고 있는 배이니."

리그디스 공작이 기강을 무너뜨린 후부터 제국은 더 이상 거대한 몸뚱이를 유지할 능력을 잃고 말았다.

그 틈을 타 거대한 세력을 형성할 수 있었고, 마침내 한 나라의 왕에 어울리는 힘을 손에 쥐게 되었다.

남은 것은 침몰하는 제국 속에서 최후의 승자가 되어 왕이 아닌 황제의 자리에 오르는 것이다.

"준비하라! 난세를 종식하고 황제의 자리에 오르는 것은 내가 될 것이다."

헤셀 백작의 두 눈이 야망으로 번뜩이고 있었다.

대부분의 결재 사안을 밀어둔 티엘이라고 해도 황제가 보낸 사신을 다른 사람이 대신 맞이하도록 놔둘 수 없었다.

귀찮음이 가득 담긴 얼굴로 사신이 도착한 곳에 향하니, 이미 도착해 있던 사신이 교지를 읽기 시작했다.

"뭐하자는 것인지 모르겠군."

도움을 요청하는 말을 듣고 난 뒤 티엘이 보인 행동이었다.

전혀 예상치 못한 그의 행동에 사신은 당황한 표정을 짓고 말았다.

그와 달리 가신들은 이미 그런 반응을 보일 거라 예상한 표정이었다.

"지, 지금 그게 무슨 뜻으로 하는 말이오!"

절대강자인 티엘의 앞이기에 사신은 분기를 억누르며 최대한 이성적으로 물었다.

하지만 그의 대답은 짧았다.

"한마디로 대신 피를 흘려달라고 하는 것 아닌가?"

"어찌 그렇게 해석이 된단 말이오!"

"그럼 아니란 건가? 내가 황도에 가면 클레디오 백작과 충돌할 수밖에 없을 텐데."

"……"

히드로 2세의 속내를 공개적으로 밝히며 물으니, 사신은 입을 다물 수밖에 없었다. 그렇게 되라고 황도에 와달라 청하는 것이었으니 말이다.

"틀린 말은 아닌가 보군."

"무례한 태도요! 어서 시정하시오."

"이미 알 것 다 알면서 그럴 필요가 있나? 어쨌든 한 가지 사실은 분명해, 그걸 황제 폐하에게 전하도록."

"…말하시오."

사신은 눈에 불을 키고 티엘을 노려보았지만 그것이 어떠한 압박도 되지 못했다.

"내가 황도로 가는 일은 없을 것이고, 이렇게 빤히 보이는 수작에 걸려들 일은 없다고."

"정녕 황제 폐하의 명령을 거절할 것이오?"

"내 확답을 바라는 듯하니 말해주지. 황제 폐하의 명령, 거절한다."

"알겠소. 로운 백작의 뜻을 황제 폐하께 똑.똑.히. 일러드리겠소."

살얼음이 뚝뚝 묻어나오는 목소리로 말을 하며 몸을 돌리는 사신이었다.

"그럼 뭘 할 수 있는 것처럼 여유를 부리는군."

"하지만 귀찮은 일이 생길 수 있습니다, 주군."

여전히 황제를 존중하는 마음을 가지고 있는 제이론은 걱정을 드러냈다. 오늘 티엘의 태도는 두고두고 구설수가 될 수 있는 여지를 준 것이나 다를 바 없었다.

"어차피 이렇게 될 수밖에 없는 상황이었으니 이참에 확실하게 결론을 내리는 게 좋겠지. 잘못된 게 뭐가 있다고 그러시나."

이 기회에 황도를 점령해 버리자고 하는 토릭슨의 말에 눈살을 찌푸린 티엘이 일침을 가했다.

"귀찮은 일을 털어버렸으니 제 할 일이나 똑바로 하도록."

"끙! 알겠습니다."

입을 삐죽인 토릭슨은 감히 티엘에게 대들 수 없어 고개를 끄덕이는 것으로 대신할 수밖에 없었다.

제5장
오붓한 데이트란

제국이 들끓었다.

황도 안팎으로 터진 일련의 사건들 때문이다.

가장 먼저 강타한 것은 제국의 권력 구도를 급변하게 만드는 것이었다.

클레디오 백작의 사르빌 대영주 부임!

그 규모는 작지만 교통의 요지이자 인구 밀집 지역인 사르빌 지방의 대영주로 임명된 클레디오 백작은 황도를 벗어났다.

그것은 리그디스 공작을 토벌하고 새로운 절대권력자였던 클레디오 백작과 히드로 2세가 갈라졌다는 의미이기도 했다.

처음부터 그를 따르던 이들은 사르빌 지방으로 향했지만, 단지 권력을 위해 기생하던 귀족들은 황도에 남아 클레디오 백작이 사라진 공백을 차지하고자 매일같이 치열한 물밑 싸움을 벌였다.

일각에서는 클레디오 백작을 정벌해야 한다는 말이 흘러나왔지만 그의 무위를 두 눈으로 지켜본 히드로 2세는 절대 허락할 생각이 없었다.

문제는 거기에서 끝이 난 것이 아니다.

히드로 2세가 야심차게 공개적으로 도움을 요청한 세 영주가 모두 거절을 한 것이다.

가장 먼저 요청받은 윈스터 후작은 노르앙 후작과의 결전을 이유로 시일을 뒤로 미루었지만 실상을 들여다보면 사실상 거절이었다.

헤셀 백작은 군을 움직이는 조건으로 막대한 양의 재물을 요구했다. 하지만 이 또한 황실의 재산을 얻기 위한 술수에 지나지 않았다. 사신의 보고를 전해 들은 히드로 2세는 두 번 생각할 것 없이 거절했다.

마지막인 로운 백작은 사신의 면전 앞에서 대놓고 거절을 했다.

클레디오 백작과 싸움을 붙이려는 것이 아니냐고 묻는 그의 말에 사신은 아무런 대답도 하지 못했고, 분노해야 할 히드로 2세도 직설적인 물음에 침묵으로 일관해야만 했다.

이와 같이 거대한 권력자의 공백은 중앙 귀족들의 이전투구 현상을 일으켰고, 황도 인근에 위치한 대영주들의 움직임을 부추기는 결과를 낳았다.

레디븐 백작과 라이오너 후작, 아스트롱 공작가와 위클린 공작가 등 선택받지 못한 그들도 황도라는 먹음직한 먹이에 눈독을 들이기 시작했다.

"귀찮은 일투성이로군."

사신을 직접 마주했던 티엘은 눈살을 찌푸리며 앞에 놓인 서류를 처리했다.

헤인조 지방은 끊임없이 성장했고, 제국 정세에 영향을 끼칠 만한 힘을 지니게 되었다.

마블론과 렉스터 남작이라는 두 걸출한 검사들이 무게를 잡아주고 있었고, 굴리고 굴리고 또 굴려 만들어낸 걸작, 그원은 로운 백작가의 밝은 미래를 상징했다.

여기에 그치지 않고 토릭슨과 제이론이라는 천재 책사가 군사부에 자리했으며, 가스론 자작이 이끄는 가신단은 내정을 든든하게 뒷받침했다.

"남은 건 후계자인데, 그건 조만간 해결을 하면 되고."

모든 것이 만족스러웠다.

본의 아니게 젊은 시절로 돌아온 뒤, 하는 일은 모두 잘 풀렸고, 자신이 처음 목표로 했던 어머니와 여동생의 행복한 삶이 거의 이루어지는 듯했다.

"이제 후계자 생산에 몰두하면 되겠군."

처음에는 한 명의 후계자만 보려고 했던 티엘은 얼마 전 생각을 바꾸었다.

만약 낳은 자식이 자신의 예상보다 못한 인물이라면?

이렇게 이뤄놓은 성과물을 유지하는 것은 아무나 할 수 있는 것이 아니다.

티엘은 기왕이면 자신의 가족들이 행복한 삶을 살아가길 바랐기에 당장 자신이 이끌고 있는 가문을 미래에도 잘 이끌어줄 후계자를 원했다.

"하나보다 둘이 낫고, 둘보다 셋이 나은 법이지."

마음을 먹은 티엘은 곧바로 행동에 착수했다.

가신들을 한 곳으로 부른 뒤, 공식적으로 선언한 것이다.

"이제부터 영지의 전체적인 운영을 맡기도록 하겠다. 영지의 운명을 좌우하는 커다란 일에만 나설 것이고, 전반적인 다른 사항에 대해서는 참견하지 않을 것이다."

"……!"

티엘을 자주 접하지 못한 행정부의 가신들은 깜짝 놀란 표정을 지었지만 그를 종종 만난 이들은 예상하던 바였기에 조용히 고개를 끄덕여 보였다.

"영지 내부의 일은 가스론 자작에게 총괄로 맡기겠다."

"최선을 다하겠습니다."

가스론 자작이 고개를 깊이 숙이며 예를 취했다. 예전과 다를 것 없는 업무 처리였지만 공식적으로 선언한 것과 아닌 것의 차이는 확연했다.

"대외적인 외교 활동과 군사 작전의 총괄을 켄드에게 맡기고, 작전 수립의 권한은 토릭슨과 제이론에게 맡긴다."

"예!"

"영지의 군권은 렉스터 남작이 총괄하되, 북부 접경지대는 마블론에게, 남부 접경지대에는 그윈이 선조치 후보고 할 수 있는 권한을 내주겠다."

"예, 주군!"

"예에?"

차근차근 내려지는 명령에 대답하다 돌연 한 곳에서 경악성이 터져 나왔다.

순간 사람들의 시선이 진원지로 집중되었다. 그곳에는 기괴하게 일그러진 그윈이 서 있었다.

"뭘 잘못 들었나?"

"주, 주군! 방금 전에 제가 남부 접경지대를 맡으라고……."

"그랬다. 북부와 같이 언급했지만 운용하는 병사의 숫자는 더 적다. 드루윙 백작과 연계하여 소수 민족의 협력을 이끌어 내도록."

친절하게 앞으로 할 일에 대해 설명해 주는 것을 저도 모르게 집중하고 있던 그윈은 고개를 세차게 저으면서 목소리를 높였다.

"제가 말씀드리고 싶은 것은 그게 아닙니다."

"그럼?"

"어째서 저입니까? 저 말고도 남부 접경지대를 총괄할 인재들은 얼마든지 있습니다!"

"그렇겠지."

"그런데 왜 제가……."

"내 뜻이다."

결코 친절하지 않은 근거였다. 답답함이 밀려들어 왔지만 차마 주군에게 대항할 수 없어 그윈은 숨을 몰아쉬곤 되물었다.

"좀 더 자세히 말씀해 주십시오."

"가장 적합한 자를 고른 것뿐."

그것으로 티엘은 입을 다물었다. 그윈은 조만간 실비아와 결혼하게 된 시점에서 남부 접경지대를 맡게 된 것에 답답함을 느꼈다.

그렇다고 신혼을 즐기고 싶어 가고 싶지 않다고 말할 수 없는 노릇이었다.

"전 경험도 부족하고 실력도 더 쌓아야 하는 걸 주군도 알고 계시지 않습니까? 부디 재고해 주십시오."

"그래서?"

"예? 방금 말씀드리지 않았습니까? 그곳으로 향하게 되면 주군의 기대를 충족시킬 수 없습니다."

"그래서?"

"주군, 제발 자비를……."

"그래서?"

"……."

이 정도 되니 그윈도 깨달았다.

지금 티엘에게 어떤 말을 해도 먹히지 않는다는 것을.

포기하면 편하다는 생각이 머릿속을 스치는 순간, 그는 양 어깨를 늘어뜨렸다.

"지금 언급한 대로 영지를 운영할 것이다. 정보부는 여전히 내 휘하에 있으니 방만하게 운영하려면 해보도록. 재미있는 일이 일어날 테니."

가볍게 짓는 그 미소의 의미가 무엇인지 알지 못하는 사람은 아무도 없었다.

저 웃음 뒤에 숨겨진 칼은 누구도 피해갈 수 없는 죽음 자체였다.

"최선을 다하겠습니다!"

자리에 모인 이들 모두가 한마음이 되어 대답했다.

그윈이 남부 접경지대로 발령이 날 무렵, 로운 백작가는 결혼식 준비로 바쁘게 돌아가고 있었다.

바로 현 로운 백작의 하나뿐인 여동생, 실비아의 결혼식이 다가오고 있었던 것이다.

그녀의 남편은 근래 두각을 드러내고 있는 젊은 신예 그윈이었다.

몇 가지 불명예스러운 별명이 존재했지만 당당하게 백작가의 중추로 자리매김을 한 그는 가문 내에서 열 손가락 안에 드는 권력자였다.

평민 출신으로 백작의 여동생과 결혼에 성공한 그는 가문 내 모든 이의 귀감이 되었다.

기껏해야 농사를 열심히 지어 부농이 되고, 용병이 되어 어느 정도 돈을 모으는 것 아니면 상인이 되는 것이 평민으로서 이룰 수 있는 성공으로 손꼽아 왔다. 그러나 기사가 되고, 이

제 귀족을 앞에 두고 있는 그의 행보는 일반 성공담과 궤를 달리했다.

때문에 백작령 내에서 그원은 '행운을 붙잡은 사나이' 라고 불리고 있는 실정이었다.

정작 당사자는 남부 접경지대로 향한다는 소식에 좌절하고 있었지만.

결혼 발표가 나고, 실비아는 방문한 손님에게 축하 인사를 받고 있었다.

"축하해. 드디어 결혼을 하는구나."

"축하드려요."

"고마워, 이렇게 내가 먼저 결혼을 하게 될 줄은 몰랐네?"

로웰린과 크레티아를 바라보는 실비아의 감정은 묘해졌다.

누구보다 아름다운 그녀들이지만 결혼에 먼저 골인한 것은 자신인 것이다.

아직도 그 부분이 실감되지 않았지만 제국 사대 미녀에 속한 두 여인의 축하 인사를 받고 있다 보니 자신이 결혼을 하게 되었다는 생각이 들었다.

"그런데 오라버니랑은 잘되고 있어?"

"으응……."

티엘과 대화를 나눈 걸 떠올린 로웰린은 작게 고개를 끄덕여 보였다. 그에 반해 크레티아는 고개를 저어 보였다.

"저는 아직 아니지만, 잘될 자신이 있어요."

"그래?"

"네!"

"난 솔직히 너희가 좋아져서 누가 오라버니와 잘되더라도 상관이 없어. 사실 오라버니에겐 과분하지. 여자를 배려하는 것이라고는 요만큼도 없는걸."

제국 사대 미녀를 같은 저택에 두고도 어떠한 움직임도 보이지 않는 티엘의 행태는 아직까지 납득이 되지 않는 미스터리였다.

"그래서 결혼을 하더라도 너희를 도와주고 싶어. 어때?"

"⋯⋯."

실비아의 제안에 로웰린과 크레티아는 동시에 생각에 잠겨들었다.

로웰린은 티엘과 대화 나누던 것을 떠올리며 조용히 고개를 저었다.

그가 어떤 남자인지 알아차리고, 앞으로 적극적으로 다가가기로 마음을 먹은 이상 실비아의 도움은 오히려 크레티아가 반등할 수 있는 여지를 제공하는 것과 다를 바 없었다.

그것은 크레티아라고 해서 다르지 않았는데, 마리아와 대화를 나누면서 점수를 따는 데 성공하였기에 실비아가 나섬으로써 로웰린이 티엘과 더 가까워질 수 있는 빌미를 제공하고 싶지 않았다.

"난 괜찮아."

"저도 괜찮아요. 언니가 도움을 주지 않으시더라도 당당하게 쟁취해서 백작님의 마음을 얻겠어요."

"의지는 좋은데 여태까지 아무런 성과가 없잖아?"

"윽!"

실비아의 말은 날카로운 비수가 되어서 두 여인의 가슴을 꿰뚫었다.

"정말 괜찮은 거야?"

"응, 결혼을 앞에 두고 있는 신부를 움직이게 하는 것은 좋지 않고."

"맞아요, 언니. 그러니 저희는 신경 쓰지 않으셔도 돼요."

도움 줄 요량으로 말을 했다가 거절 당한 실비아는 심통이 생겼지만 자신이 나섬으로써 더 좋아질 수 있다는 가능성도 크지 않았기에 결국 한발 뒤로 물러서는 수밖에 없었다.

"그렇게 말하니 나서지는 않을게. 대신 너희에게 좀 더 잘해주라고 말 정도는 해줘도 되지?"

"고마워, 실비아."

"저도요."

마음 깊이 전해지는 호의에 그녀들은 사심없는 미소를 지을 수 있었다.

가신들에게 모든 일을 떠밀어놓은 티엘은 검을 수련하고 있었다. 다시 기초부터 다잡으며 검을 휘두르는 일련의 과정을 숙지하고 있는데, 집무실을 뻥 차고 들어오는 실비아를 보며 집중이 깨지고 말았다.

"오라버니!"

"무슨 일이냐?"

"대체 언제까지 방치해 놓을 거예요?"

"뭘?"

고개를 갸웃하는 티엘을 보며 실비아는 그럼 그렇지 하는 표정을 지었다. 그녀들의 부탁으로 나설 생각은 없었지만 새까맣게 까먹고 있는 모습을 보니 자연히 목소리가 커졌다.

"로웰린이랑 크레티아요!"

"아아, 그러고 보니 깜빡했군."

"세상에나! 제국 사대 미녀라 불리는 여인들을 두고 까먹는 남자가 어디 있어요! 오라버니, 정말 남자가 맞는 건가요?"

"보다시피 남자가 맞다. 어머니에게 맞선을 부탁했기에 상황을 지켜보는 중이다."

"오라버니 좋다는 여자들을 두고 맞선을 보는 경우가 어디에 있어요. 에휴! 정말 어렵네."

이렇게 답답한 티엘의 모습에 실비아는 속이 터지는 것을 느꼈다. 그러면서 막연히 지켜보며 연애를 진전시키겠다고 하는 두 여인에게도 답답함을 느꼈다.

"한 가지만 물어볼게요. 오라버니는 맞선에서 잘되면 그 여인과 결혼할 건가요?"

"그게 좋겠지."

"그럼 로웰린하고 크레티아는요?"

"좋다면 결혼을 해야겠지."

"그런 게 어디 있어요! 정략결혼을 하더라도 서로 감정의 교류가 있어야죠! 로웰린이나 크레티아 모두 오라버니가 좋다고 하는데 제대로 된 교류조차 없었잖아요. 이건 절대 정상적인 형태의 남녀 관계가 아니에요!"

"그럼 어떤 게 정상적인 거지?"

진지한 티엘의 물음에 실비아는 입꼬리를 말아 올리며 비웃었다.

"어차피 말해줘 봤자 오라버니는 모르잖아요."

"…날 이렇게 꿰뚫어 본 건 네가 처음이다."

"꺄아아악! 진짜 답답하네!"

진지하게 받아치니 답답해서 속이 터지는 건 실비아였다.

제 머리를 쥐어뜯으며 발광하던 그녀가 간신히 진정하며

말했다.

"뭐라고 말을 해도 안 되는 걸 아니 이렇게 해요! 로웰린과 크레티아도 데이트 같은 형태로 진지하게 만나서 대화를 해 보는 거예요! 오라버니를 좋다고 하니 그 정도는 해줘야 하는 거 아닌가요?"

"틀린 말은 아니로군."

"이렇게 말했으니 꼭 그래야 돼요! 귀찮다고 내팽개치면 와서 난리칠 거예요! 그러니 꼭 만나보세요!"

그 말을 끝으로 몸을 돌린 실비아가 집무실을 벗어났다.

마치 태풍이 휩쓸고 지나간 것 같은 느낌에 티엘은 고개를 저었다.

"편히 쉬게 놔두는 경우가 없군. 그래도… 틀린 말은 아니니."

그녀의 말에서 무언가를 느낀 티엘은 몸을 일으켜 걸음을 옮겼다.

토릭슨은 갑작스러운 티엘의 방문에 간이 떨어지는 것처럼 큰 충격을 받았다.

하지만 빠른 속도로 감정을 수습했다.

현재 그는 로운 백작가의 대외적인 군사적 움직임을 조율하고 있었는데, 그 과정에서 헤셀 백작가를 견제하는 사안이 포함된 상태였다.

"갑자기 무슨 일로 절 찾으셨습니까?"

"일은 잘하고 있나 보군."

"물론입니다. 제가 하루 이틀 일하는 것도 아니지 않습니까, 하하!"

"묻고 싶은 것이 있어서 찾아왔다."

"무엇입니까?"

티엘이 무언가 질문을 한다는 것은 생각도 해본 적이 없는 일이었다. 무엇을 물어보려고 하는 것인지 머릿속이 복잡해졌다.

"여자."

"예, 예에?"

이어진 말에 토릭슨은 얼빠진 표정을 짓고 말았다.

"정보부의 정보에 의하면 가신들 중에서 너만큼 여자관계가 화려한 녀석이 없더군."

"으, 으음!"

정보부의 정보란 말에 토릭슨은 침음을 집어삼키고 말았다.

빼도 박도 못하게 된 상황이란 걸 알아차린 것이다.

"전 모두 사랑으로 대했을 뿐입니다."

"여성 편력에 대해 왈가왈부하고 싶은 것이 아니다."

"그럼?"

토릭슨의 표정이 눈에 띄게 밝아졌다. 책을 잡으려고 하는 것이 아니라고 하니 마음이 한결 가벼워지는 기분이었다.

"실비아가 그동안 로웰린과 크레티아를 소홀히 대했다고 하면서 한 번 데이트를 해보라고 권유를 하더군."

"…확실히. 틀린 말은 아닙니다. 먼저 주군께서는 어떤 데 이트를 원하십니까?"

"종류도 있나?"

"예."

"서로 대화를 나눌 수 있는 것이면 좋겠군."

"그렇다면 어렵지 않습니다. 제가 곧장 보고서를 작성해서 올리도록 하겠습니다."

켕기는 것이 여러 개인 상황을 벗어나고자 적극적인 태도 를 보였다.

원하는 바를 이룬 티엘도 더 재촉하지 않고 고개를 끄덕였 다.

"좋다, 그럼 수고하도록."

"예, 주군!"

"아, 그리고."

"예?"

"눈먼 아기는 만들지 말도록."

"……."

쾅!

할 말을 잃은 토릭슨을 뒤로하고 방을 벗어나는 티엘이었다.

로웰린은 갑작스러운 티엘의 부름에 어리둥절한 표정으로 그의 집무실로 향했다.

"무슨 일이신가요?"

"시간이 있나?"

"네? 시간이라면 있지만……."

"그럼 나가지."

"잠시만요! 이건 너무 갑작스러워요."

다짜고짜 나가려던 티엘을 제지한 그녀는 아직까지 뭐가 어떻게 돌아가고 있는 것인지 제대로 눈치채지 못하고 있었다.

"좀 더 차분하게 말씀해 주세요."

"데이트라는 걸 해보려고 하는데."

"데이트요?"

"그동안 오해를 한 것도 있고, 어머니가 맞선 상대를 찾기까지 시간이 있음에도 조용히 지켜만 보고 있는 것은 잘못되었다는 말을 들었다."

"아……."

로웰린은 누가 나서서 티엘의 마음에 변화를 일으켰는지 눈치챌 수 있었다.

하지만 그것이 싫은 것은 아니었다.

실비아가 나섬으로써 예상치 못한 일이 벌어지지 않는 것을 경계한 것이지, 이렇게 데이트하는 것을 염려한 것은 아니었다.

"그럼 갈까?"

"이대로는 안 돼요."

"음?"

단호한 로웰린의 말에 티엘은 멈칫했다. 평소라면 아무렇지 않았을 그녀의 기세가 지금 이 순간 결연하기 그지없었다.

"데이트라면 남녀가 호감을 가지고 만나는 자리예요. 그런 만큼 남녀가 서로 준비할 수 있는 시간이 주어져야 한다고 생각해요. 백작님은 마음의 준비를 할 시간이 있었지만 전 아니에요."

"그럼 힘들단 건가."

"그건 아니에요. 단지 준비할 시간이 필요하다는 뜻인 걸요. 제게 준비할 시간을 주실 수 있나요?"

"그러지."

생각해 보면 그녀의 말이 틀린 것이 아니었기에 티엘은 고개를 끄덕였다.

"그럼 조금만 기다려 주세요."

흔쾌한 그의 수락에 로웰린은 눈웃음을 지어 보인 뒤 방을 벗어났다.

그리고 그녀가 말한 조금이란 시간이 자신의 기준과 판이하게 다르다는 것을 깨닫게 되었다.

"…속았군."

두 시간이나 훌쩍 지난 것을 확인한 티엘이 미간을 찡그렸다.

여자가 준비할 시간이란 것은 남자와 궤를 달리한다는 것을 알고 있었지만 기다리는 것만으로 이렇게 피를 말릴 수 있다는 걸 처음 알게 되었다.

그렇게 기다리며 조금씩 인내의 한계에 다다를 무렵, 준비를 마친 로웰린이 모습을 드러냈다.

"많이 기다리셨죠?"

"음!"

한껏 차려입은 로웰린의 모습을 보며 티엘은 저도 모르게 침음을 집어삼켰다.

두 시간이 넘는 시간 동안 그녀에게 마치 마법이 일어나 있었다.

평소에도 수수하지만 눈을 뗄 수 없는 아름다움을 발산하던 그녀가 지금은 주위를 매료시키는 강렬한 화려함으로 바뀌어 있었다.

"아름답군."

"감사해요. 백작님과 데이트라면 예쁘게 꾸미고 싶었어요. 오래 기다리셨죠?"

"…별로 긴 시간은 아니었다."

방금 전까지 짜증이 최고조로 치솟아 있었던 티엘은 스스로 거짓말을 하는 제 모습이 이해가 되지 않았지만 가슴에 뭉클 피어나는 감정은 결코 나쁜 것이 아니었다.

묵묵한 얼굴로 손을 내미니, 아름답게 미소를 지은 로웰린의 손이 착 감겨왔다.

"갈까요? 기대가 많아요."

"가지."

두 사람이 탄 마차는 도시 중심지로 향했다.

아름다운 여인과 함께 단 둘이서 마차에 탑승한 모습은 두근거림을 자아내기에 부족함이 없었다.

로웰린은 자신을 향해 시선을 고정하고 있는 티엘을 보고는 두근거리는 가슴을 진정시키기 바빴다. 데이트라는 말에 있는 것 없는 것 다 동원하여 꾸몄기에 자신감이 넘쳤지만 이 두근거림은 달래기가 힘들었다.

그도, 그녀도 입을 열지 않았기에 마차 안 분위기는 싸늘하게 식어 있었다.

끝내 티엘의 입이 열릴 기미가 없자 로웰린이 먼저 물었다.

"무엇부터 할지 물어봐도 되나요?"

"일단은 도시 구경이다."

"도시 구경이요?"

생각지도 못한 말이 나오니, 로웰린의 눈이 동그랗게 뜨였다.

피식 웃은 티엘이 고개를 끄덕였다.

"데이트 종류에도 여러 가지라더군. 최종 목적이 여자와 맺어지는 것이 있고, 아니면 친분만 쌓는 형태가 있다고 하니."

"그, 그런가요?"

원색적인 그의 말에 로웰린의 얼굴이 붉어졌다.

"친분을 쌓는 데이트의 경우 대화를 나눌 수 있는 시간 확보가 중요하다고 하더군. 그런 의미에서 그동안 둘러보지 못한 도시를 둘러보며 서로 이야기를 나눈다면 친분이 더 깊어질 수 있을 거라 생각했다. 어떻게 생각하지?"

"저도 좋다고 생각해요. 백작님과 함께 마차에 타서 도시 구경이라… 제법 낭만적인 걸요?"

"그렇다니 다행이군. 그런데 생각하지 않은 단점이 있다."

"단점이요?"

"무슨 주제로 대화를 나눠야 할지 생각을 안 해봤다."

"…풉! 그게 뭐예요."

낭패한 표정을 짓고 있는 티엘의 모습은 처음이어서 입가를 비집고 흘러나오는 웃음을 참지 못한 로웰린이었다.

"내가 이런 실수를 할 줄은."

"그래도 그런 모습을 보여주시니 인간미가 있으신 걸요?"

"인간미라고? 평소에는 없었나."

"솔직하게 말씀드리면 좀 그래요."

"인간미가 없어?"

반응을 보이는 티엘을 보며 로웰린은 고개를 끄덕였다.

"네! 다른 사람들이 보는 백작님은 바늘에 찔려도 피 한 방울 나오지 않을 것 같아 보여요. 그만큼 백작님이 믿음직하다는 뜻이지만요."

"그렇군. 인간미가 없다라, 어찌 보면 그것이 정답일수도."

"네?"

"아니, 인간미가 없다면 노력을 하면 되겠지. 하지만 난 지금 내 스스로의 모습이 그리 싫지는 않다. 바뀌기 위해 노력을 할 생각은 없어."

"네, 저도 지금 모습이 좋다고 생각해요."

두 사람이 타고 있는 마차 창문으로 거대한 신전이 비춰

졌다.

"저 신전은 내가 어린 시절에 세워진 곳이지. 그 전에 이곳의 상황이 어땠는지 알고 있나?"

"아, 아니요. 솔직히 잘 모르고 있어요."

"궁벽한 시골이었지. 신전조차 없어 치료를 받지 못할 만큼."

"정말요? 지금 보면 전혀 그런 게 느껴지지 않는데……."

놀란 표정을 지은 로웰린이 말끝을 흐렸다. 현재 로운 백작령은 웬만한 제국의 대도시 못지않은 발전을 이룬 상태였다.

없는 것만 없고, 있는 것은 다 있다는 말이 어울릴 정도로 큰 규모의 도시로 발전한 것이다. 그 전에는 궁벽한 시골이었다는 말이 어색하게 느껴졌다.

"운이 좋았지. 지금도 사람이 모여들고, 발전을 이루고 있으니."

"…네, 정말 대단하신 것 같아요. 모든 게 백작님의 뛰어남 아닌가요?"

"전혀. 뛰어난 능력을 지닌 인재들이 이룩한 성과일 뿐이지."

"……."

왠지 모를 씁쓸함이 느껴지는 말투에 로웰린은 무슨 말을 해야 할지 몰랐다.

'이게 뭐야.'

도시를 구경하면서 도란도란 대화를 나누는 그림을 그렸지만 티엘도 자신도 말 주변이 부족했다.

그 결과 마차를 잠식한 것은 무거운 침묵이었다. 로웰린은 속으로 살짝 꿍얼거리면서 분위기 환기를 위해 주제를 바꾸었다.

"한 가지만 물어봐도 될까요?"

"얼마든지."

"어떻게 하면 백작님처럼 강해질 수 있나요?"

그것은 평소부터 품고 있던 궁금증이기도 했다.

이제 이십대 중반이 된 티엘은 두각을 드러내더라도 지역적인 명성을 날리는 것이 일반적이었다. 더 뛰어나더라도 전국적인 유명세를 날리기 힘듦에도 그는 용병왕을 꺾고 절대강자의 반열에 올라섰다.

그 경지가 쉽게 올라설 수 있는 것이라면 말도 하지 않겠으나, 대륙에 채 열 명도 되지 않는 지고한 경지에 티엘은 이십대 중반의 나이로 올라섰다. 로웰린은 어떻게 그것이 가능한지 궁금했다.

"죽도록 수련을 하면 되지."

"죽도록이요?"

로웰린의 음성이 실린 것은 불신이었다.

그녀가 보기에 티엘은 절대 죽도록 수련하는 인물이 아니었다.

"대개의 귀족 가문 검술에서 한 식을 펼치는 데 수십 가지 동작이 있다는 걸 알고 있나?"

"동작이 수십 가지나 되나요? 검술을 배워본 적이 없어서……."

"하긴, 몸을 움직이는 것에 젬병처럼 보이더군."

"……"

정곡을 찔린 그녀의 몸이 움찔 떨렸지만 티엘은 개의치 않고 자신의 말을 이어나갔다.

"처음 검을 쥐는 것부터 시작하여 자세를 취하고, 검의 각도, 몸의 중심, 궤적 등을 고려하고 세분화된 수십 가지 동작을 펼치기 시작하지. 그 과정이 수십 가지에 달한다고 볼 수 있다. 당연히 이렇게 세분화된 동작이 많으면 실전에서 사용하기 힘들지. 그래서 숙련되는 과정에서 하나씩 과정을 단축하기 시작한다."

"간략화시킨다는 건가요?"

"그런 셈이지. 그 수십 가지 동작이 열 가지로 줄어들고, 한 자리 단위로 들어들어 마침내 한 동작에 모든 과정이 담기는 순간, 그 식의 숙련이 완료되는 것이지. 수십 가지 동작을 하나로 펼쳐내는 무위에 다다랐을 때, 너희가 말하는 절대강자가 된다."

"…왠지 절대강자란 게 너무 쉽게 느껴지는 건 제 착각이 겠죠?"

"초심자에게는 뭐든지 쉽게 느껴지니까. 난 처음 검을 잡았을 때부터 이 길을 정확하게 알고 있었고, 정상을 향해 달렸지. 중간에 욕심을 부리지도, 쉬어가지도 않았기에 최단 기간에 이 자리에 오를 수 있게 된 것이다."

"솔직히 이해하기 힘들지만 백작님이 대단하다는 것은 알 것 같아요."

"그렇게 말을 하면 속이 편할지도."

그녀에게 말하고 싶었던 것보다 스스로에게 말한 것 같아 티엘은 작게 고개를 끄덕이며 미소를 지었다. 그러고는 그녀에게 마차에 비친 도시 곳곳을 비추며 설명을 해주기 시작했다.

처음 겪는 그의 자상함에 로웰린은 감격하면서 대도시로 변모한 로운 백작가의 면면을 들여다볼 수 있었다.

"정말 신기해요! 제가 살고 있었지만 이렇게 다양한 것이 공존하고 있을 줄 몰랐는데."

"수로와 해로를 동시에 접하고 있어 다른 곳의 문화를 받아들이는 것이 쉬우니까. 이제 시간이 제법 되었으니 저녁을 먹으러 갈까?"

"좋아요."

마차에서 함께 보낸 시간이 약 두 시간여였다. 어느덧 시간
은 저녁 시간이 되어 정신없이 대화를 나누던 그녀도 배고픔
을 느끼고 있었다.

티엘이 그녀를 안내한 곳은 강변에 위치한 레스토랑이었
다. 어류를 가지고 요리를 하는 곳인데, 그곳에는 평소 보지
못한 갖가지 물고기가 수족관에 담겨 헤엄을 치고 있었다.

"와아……."

"다 뱃속에 들어갈 것들이니 너무 정 붙이지 말고."

"저, 정 붙인 거 아니거든요?"

"여긴 강가의 물고기와 바다의 물고기를 동시에 접할 수
있는 곳이지. 헤인조 지방에 들른 귀족이라면 반드시 방문해
야 할 곳이기도 하고."

북으로 강을 끼고 있고, 강 끝에 바다가 시작되는 헤인조
지방은 각종 어류가 풍부하게 생산되는 곳이었다.

로웰린이 앉을 의자를 빼준 티엘은 종업원에게 팁을 건네
며 말했다.

"준비한 걸 내오도록."

"예!"

말이 떨어지기 무섭게 코스 요리가 하나둘씩 나오기 시작
했다.

대부분 물고기로 만들어진 요리였다.

처음 접한 음식이었지만 철저한 교양 교육을 받은 영애답게 능숙한 손길로 맛을 본 로웰린의 눈이 동그랗게 바뀌었다.

"맛있어요."

"맛이 없으면 실망스럽지."

"그런 게 아니에요. 정말 맛있어요. 어떻게 이런 맛이……."

"어류는 육류와 달리 살도 많이 찌지 않으니 여인에게 적합한 음식이지. 눈치 보며 양을 조절하지 않아도 되니 마음껏 들도록."

"네……."

티엘이 거기까지 배려했다는 생각에 로웰린은 얼굴을 붉혔다.

오늘의 그는 마치 자신이 꿈꾸던 이상적인 남자의 모습 그 자체였다.

식사를 하면서 나누는 대화 주제는 드루윙 백작에 관한 것이었다.

"남부의 개척은 순조롭게 이루어지고 있지. 드루윙 백작의 외교적인 수완이 뛰어나더군. 소수 민족과 사막 부족 사이에서 균형을 잘 맞추고 있으니. 저번 같은 일은 벌어지지 않을 테니 걱정할 필요는 없다."

"네."

"정 걱정이 되면 지원군을 파견해 줄 수도 있고."

"아니에요. 백작님이 괜찮다고 하시면 괜찮은 거라 생각해요."

"그렇게 믿고 지켜보는 것이 드루윙 백작에게 좋은 일일 수도 있다."

"네, 그런 것 같아요."

얼마 전 드루윙 백작과 대화를 나누면서 느낀 것은 무척 활기차다는 점이었다. 늘 진중하고 소극적이던 아버지였지만 근래 보여주는 모습은 삶의 이유를 다시 찾아낸 사람 같았다.

"술 한 잔 어때요?"

"술? 나쁘지는 않지. 그런데 저번 같은 사건이 벌어지는 건 아니겠지?"

묘한 뉘앙스가 느껴지는 말에 멈칫한 로웰린은 뇌리를 스치고 지나가는 사건에 얼굴이 사색으로 바뀌어서는 간절한 눈으로 티엘에게 부탁했다.

"저번이요? 저번… 으으, 그때는 잊어주시면 안 될까요?"

"그날 일이 워낙 강렬해서."

"그래도 잊어주세요. 그날을 생각하면 부끄러워서 잘 수 없단 말이에요."

"그것도 나름대로 나쁘지 않겠군. 어쨌든 술 한잔하는 것도 나쁘지 않겠지."

레스토랑의 운치는 결코 나쁘지 않았다. 주변에 비치는 강의 전경이나 아름답게 꾸며진 인테리어는 눈을 즐겁게 만들고 있었다.

거기에 호감을 가진 상대와 맛있는 식사라니.

식사가 모두 끝나고, 극단이 펼치는 연극까지 감상한 뒤 저택으로 돌아온 로웰린이 마차에서 내린 뒤 감사의 인사를 건넸다.

"고마워요. 오늘 정말 즐거웠어요."

"즐거웠다니 다행이군."

그가 겉으로 티를 내지 않았지만 그녀는 티엘이 나름대로 노력하여 자신에게 맞춰주고자 했다는 걸 알아차렸다.

그것이 너무나 고마웠고, 한편으로는 감격스러웠다.

그리고 그 고마움을 표현하고자 가까이 다가선 그녀가 까치발을 들어 입맞춤을 하였다.

가벼운 입술과 입술의 접촉이었지만 그 의미는 결코 가볍지 않았다.

"……!"

뒤로 물러서려던 로웰린은 티엘의 양팔이 등을 감싸 안고 더 강하게 끌어안자 화들짝 놀라고 말았다.

놀라움은 거기서 끝나지 않았는데, 그녀의 입술 사이로 티엘의 혀가 침입하면서 입속을 농락했다.

둘 모두 첫 뽀뽀, 첫 키스였지만 거침없는 티엘의 스킬에 로웰린은 녹아내리는 느낌에 사로잡혀야 했다.

"전 들어가 볼게요. 그럼 이만……."

한참 뒤, 그의 손에 벗어난 로웰린이 비틀거리며 뒤로 물러나 옷을 추스른 뒤 인사를 하고 자리를 벗어났다.

그 모습을 좇던 티엘은 손으로 입가를 훔치며 중얼거렸다.

"…이것도 나쁘지 않군."

여인을 처음 접한 그 느낌은 매우 좋았다.

로웰린이 착각한 점이 있다면 티엘은 처음부터 그녀만 만날 생각이 아니었다는 점이다.

첫날은 로웰린과의 데이트, 그다음은 크레티아와 데이트를 할 예정이었다.

전혀 거리낌이 없는 그에게 죄책감이란 것이 존재할 리 없지만 전날의 짜릿한 입맞춤은 마음에 걸리게 만드는 요소로 작용했다.

하지만 그러한 것도 잠시, 이미 예정된 일정을 바꿀 생각은 없었다.

"부르셨어요?"

티엘의 부름에 얼마 지나지 않아 크레티아가 모습을 드러냈다. 수수한 로웰린과 달리 어디 어느 순간에서도 자기 자신을 꾸밀 줄 아는 그녀였다.

"같이 나가려고 하는데, 시간이 필요한가?"

"같이요? 데이트인가요?"

"그렇다고 할 수 있지."

"전 좋아요. 그럼 바로 갈까요?"

로웰린 때와는 사뭇 다른 반응이었기에 티엘이 눈에 이채를 띄었다.

"치장할 시간은 필요 없나?"

"백작님은 지금 제 모습이 못나 보이시나요?"

"그렇지 않군."

"시간을 들이면 더 예쁘게 꾸밀 수 있겠지만 그걸로 백작님을 꾈 수 있는 것도 아닌 걸요. 차라리 시간을 더 벌어 데이트를 즐기는 게 낫지."

"그렇군, 가지."

"네! 어서 가요."

활기찬 어조로 대답하는 크레티아의 태도는 유쾌했다. 그 모습을 지켜보면서 티엘은 자연스럽게 로웰린과 비교하는 자신의 모습을 발견하고는 어색한 표정을 지었다.

어머니 마리아가 맞선을 준비할 것이고, 그 기간 동안 자신을 기다려준 여인들과 하는 데이트일 뿐이다. 그런데 그걸로 인해 자신의 마음이 복잡하게 뒤엉키는 지금 이 현상이 결코 달갑게 여겨지지 않았다.

"소중한 것이 생긴다는 건 결국 약점이 생긴다는 뜻인데."

미묘한 변화마저 감지한 티엘은 파문을 바라보면서 크레티아와 함께 마차에 탑승했다.

그녀와의 데이트 코스는 로웰린과 동일했다.

화려한 여성 편력을 자랑하는 토릭슨이 전쟁을 할 때보다 쥐어짜서 만들어낸 데이트 코스였고, 어제 함께했던 로웰린의 반응이 좋았기에 그대로 밀고나갈 생각이었다.

"백작님! 저건 뭐죠?"

처음에 눈에 보이는 것을 설명해 준 것이 화근이었다.

오늘의 티엘은 다른 때와 달리 다정하게 모든 것을 받아준다는 걸 눈치챈 크레티아는 대놓고 이것저것을 물어보면서 그와 대화하는 것을 즐기고 있었다.

"저곳은 얼마 전에 건축되었지. 남방의 양식으로 지어진 거라 상당히 이국적이고."

"정말 그런 것 같아요. 그런데 한 가지만 물어봐도 되나요?"

"묻도록."

"어제 로웰린 언니랑 같이 가셨죠?"

"음? 알고 있었나?"

"당연히요. 명색이 라이벌인데……."

"실망이라도 했나?"

크레티아는 조용히 고개를 저었다. 하지만 그러한 의사 표현과 달리 그녀의 얼굴에는 수심이 가득했다.

"실망이라뇨. 오히려 기쁘죠. 다만 로웰린 언니보다 늦은 것이 저보다 언니에게 더 마음이 있어서 그러신 것 아닌가요?"

"그런 것 아닌데."

"거짓말. 그럼 왜 로웰린 언니부터인가요?"

크레티아의 마음에 걸린 것이 바로 그거였다.

자신보다 로웰린이 먼저 데이트를 즐겼다는 것. 이것이 곧 티엘의 마음속에 있는 순번이 아닐까 하는 불안감이 들었던 것이다.

사소한 것마저 짚어내는 태도를 보며 티엘은 머리가 지끈거리는 것을 느꼈다. 그러고는 로웰린이 먼저였던 이유에 대해 설명해 주었다.

"나이 순서다."

"…정말요?"

"내가 그런 것까지 거짓말을 할 것 같나?"

"아, 아니요."

자신이 쓸데없는 질투심을 드러냈다는 걸 알아차린 크레

티아는 부끄러움에 얼굴을 붉혔다.

"많이 신경 쓰였나 보군."

"몰라요."

"그렇게 입술만 삐죽이고 앉아 있으면 시간은 그대로 갈 텐데. 모처럼 갖게 된 이점을 허무하게 저버릴 정도로 얼간이였던가?"

"얼간이 아니거든요! 오늘 마음껏 귀찮게 굴 테니까 각오하시라고요."

"그러든지."

얼마 전이라면 매정하게 저버렸을 자신이 받아주고 있다는 것에 티엘은 묘한 느낌을 받았다.

그렇게 즐거운 시간을 가진 그들은 저녁 시간이 되자, 어제 방문했던 레스토랑으로 향했다.

각종 해물 요리가 나와 입을 즐겁게 만들어주었지만 크레티아는 입술을 삐죽이고 있었다.

"맛이 없나?"

"아니에요. 칫! 이렇게 맛있는 걸 나보다 로웰린 언니가 먼저 백작님과 즐겼다고 하니 분해서요. 이럴 줄 알았으면 내가 먼저 태어나는 건데. 아니야, 그럼 늙는 것도 내가 먼저니까 안 좋을지도……."

혼자 북 치고 장구 치는 행동에 티엘은 피식 웃음을 지었다.

그 웃음을 본 크레티아는 자신의 행동이 유쾌함을 가져다 준 것을 알아차리고는 미소를 지어 보였다.

하지만 아름다운 꽃이 있으면 응당 벌이 꼬이는 법.

레스토랑에 들어선 순간부터 티엘과 크레티아를 유심히 살피는 눈이 있었다.

"저 여자 봐라, 엄청 아름답지 않냐?"

"그러게 말이다. 한 번 말이라도 걸어보고 싶은데."

"귀족 아니냐? 귀족이면 아무래도 뒤탈이 생기는데."

"생긴 건 귀족인데 주변을 봐라, 수행원이 하나도 없잖냐."

티엘이 탄 마차는 마부가 옆 여관에서 휴식을 취하며 관리하고 있었기에 그것을 발견하지 못했다.

"그럼 한 번 꾀어봐? 햐, 진짜 예쁘다."

둘을 보며 대화를 나누고 있는 세 청년은 이곳 레스토랑 인근에서 제법 힘을 쓰는 유지의 아들들이다.

각각 크란, 레피, 이브린이란 이름을 가진 그들은 아름다운 여자라면 다가가서 말을 걸고 보는 난봉꾼으로 유명한 이들이었다.

크란은 인근 상계에서 활동하고 있는 상단의 소주인이었고, 레피의 아버지는 로운 백작가의 행정관이었다. 이브린은 이곳 용병 지부장의 아들로, 사실상 세 사람 중 리더 역할을 하고 있었다.

귀족은 아니었지만 그에 못지않은 힘을 지니고 있기에 외지에서 방문하는 손님들이 종종 피해를 입고는 했다.

이브린은 날카로운 눈으로 티엘과 크레티아를 훑고 있었다.

차림새를 보면 귀족이었지만 그 어디에도 수행원은 보이지 않았다.

"말을 한 번 걸어보자."

"귀족이면 뭐 되는 거 아니냐?"

아버지가 행정관이다 보니 레피는 매사 행동에 조심하는 기색을 보였다. 그에 이브린은 입꼬리를 말아 올리며 대답했다.

"괜찮아, 귀족이라고 해도 수행원이 없으니까."

"수행원이 없으면 상관이 없지."

크란은 이브린의 말이 무엇을 의미하는지 알아차리고는 입꼬리를 말아 올렸다.

"저 정도에 견줄 수 있는 여인은 제국 사대 미녀밖에 없을 거다. 아니, 제국 사대 미녀보다 더 뛰어날걸? 너희가 나서지 않으면 나라도 나설 거다."

"아, 아니! 나도 같이."

"저 정도 비리비리한 녀석 따위 쫓아내는 것은 어렵지 않겠지. 알지? 수행원이 없으면 조용히 쓱싹해 버리는 방법도 있으니까. 우리의 강함을 보면 저 여자도 알아서 생각을 바꾸겠지."

이브린이 자리에서 일어나자 미적거리던 레피도 따라 일어났다. 크란도 뒤따라 일어서면서 티엘과 크레티아가 앉아 있는 곳으로 향했다.

"……."

그들의 대화는 티엘과 크레티아의 귀에 여지없이 들리고 있었다.

작은 목소리도 아니었고, 둘 모두 마나 연공법을 익혔기에 그 정도 소리를 놓칠 수 있을 리 없었던 것이다.

자신을 놓고 마치 꿸 수 있는 것처럼 말하는 걸 보고 부아가 치밀었지만 저도 모르게 티엘의 눈치를 살필 수밖에 없었다.

대화를 나누는 과정에서 그를 죽이니 마니 하는 말이 나왔기에 그렇다.

'누가 누구를 죽인다는 거야.'

어처구니가 없어 말이 나오지 않을 지경이었지만 뻔뻔한 그들은 어느새 다가와 말을 걸고 있었다.

"실례하겠습니다."

"무슨 일이시죠?"

마음에 들지 않는 티를 팍팍 내며 크레티아가 대답했다. 쌀쌀 맞은 태도였지만 아름다운 꽃에는 가시가 있다는 걸 아는 이브린이었다. 그는 입가에 미소를 지으면서 정중한 어조로 말했다.

"저희는 이 근방에서 사는 이들인데, 이곳을 방문하던 중 태어나 가장 아름다운 분을 뵙게 되어 부득이하게 찾아뵙게 되었습니다."

"그래서요?"

"실례가 되지 않는다면 저희가 함께 식사를 할 수 있는 영광을 누릴 수 없겠습니까?"

이브린은 말을 하면서 티엘은 안중에도 없는 듯 오로지 크레티아에게만 말을 걸고 있었다. 그것은 그를 노골적으로 무시하는 행위이자, 도발이기도 했다.

화가 난 티엘이 나서면 곧바로 응징에 나서면서 약간의 공포 분위기를 조성, 크레티아가 겁을 먹고 함께 나설 수밖에 없도록 유도할 생각이었다.

하지만 그의 의도는 처음부터 어긋나고 말았다.

노골적인 무시에 화를 내야 할 티엘이 묵묵히 음식만 먹을 뿐, 다른 반응을 보이지 않았던 것이다.

게다가 크레티아 또한 생각했던 것보다 훨씬 앙칼졌다.

"싫은데요."

"이런, 저희는 나쁜 사람이 아닙니다. 아름다운 레이디를 보고 상사병이 걸릴 것 같아 그러니 부디 불쌍한 저희를 구원해 주십시오."

'우웩.'

구역질 나오게 만드는 느끼한 멘트에 크레티아는 대놓고 비난하고 싶었지만 티엘의 앞이기에 차마 속내를 드러내지 못했다.

그저 마음에 들지 않는 표정을 지을 뿐.

'무슨 생각인 거야.'

그녀는 시종일관 구경꾼처럼 지켜만 보고 있는 티엘의 태도가 이해가 되지 않았다. 대개의 남자라면 자신의 여자(?)에게 찝쩍거리는 남자들을 물리치는 것이 보통이었다.

하지만 티엘은 그러기는커녕 오히려 어떻게 흘러가나 구경을 하고 있었다.

그것이 그녀에게 있어 또 다른 기분 나쁨으로 다가오고 있었다.

"제 대답은 같아요. 지금 좋은 자리를 방해하지 말았으면 좋겠군요. 게다가 사람이 있는데 이렇게 무시를 하는 것만 봐도 좋은 생각은 들지 않네요."

송곳처럼 뾰족한 말에 멈칫한 이브린이 그제야 발견한 것처럼 과장된 반응을 보이며 인사를 건넸다.

"이런, 그러고 보니 제가 실수를 했군요. 저는 이브린이라고 합니다. 제 아버지는 이곳 용병 지부의 지부장이십니다."

"……."

"지금 제 말을 무시하는 겁니까?"

"……."

이브린의 거듭되는 채근에도 티엘은 아무 말도 하지 않았다. 마치 그가 보이지 않는 투명 인간이라도 되는 것처럼 묵묵히 식사만 할 뿐이었다. 그것은 이브린이 조금 전 티엘을 전혀 아랑곳하지 않던 것과 같았다.

"풉!"

기이하게 돌아가는 상황에 크레티아는 웃음을 흘리고 말았다.

으득!

무시당한 이브린은 이를 갈았다. 그것은 크란이나 레피라고 해서 다르지 않았다. 이 근방에서 나름대로 이름을 떨친 이들인 만큼 노골적인 무시는 받아들이기 힘든 모욕이 아닐 수 없었다.

"크레티아."

"네!"

상황을 즐겁게 지켜보고 있던 그녀는 해맑게 대답했다.

"나는 수동적인 여자를 싫어한다. 내가 연애에 대해 어떤 생각을 가지고, 어떻게 행동하는지 알고 있지 않나?"

"어머! 지금 제게 이 상황을 해결하라고 하는 건가요?"

"능력이 없으면 말든지."

"칫! 그럼 대가라도 받아야겠어요."

"대가가 뭐지?"

"가만히 계시기만 하면 돼요. 가만히만."

눈에 요염한 빛을 띤 채 속삭이듯 말하는 그녀의 모습은 어떠한 남자로 넋을 빼앗기게 만들 만큼 매혹적인 것이었다.

자리에서 일어난 그녀는 티엘에게 다가갔다. 마치 마법에라도 걸린 것처럼 조금 전까지 화를 내던 세 청년은 아무 말도 하지 않은 채 그녀를 바라보고 있었다.

티엘 앞에 도착한 그녀는 그의 무릎에 살포시 앉았다. 그리고 그의 얼굴을 부여잡고는 입맞춤을 했다.

"……."

지켜보던 세 청년은 할 말을 잃은 채 하염없이 그 광경을 바라보았다. 티엘에게 입맞춤을 하는 그녀의 모습은 그 어떤 여인보다 아름답고, 그 어떤 요부보다 음탕했다.

"후후, 거절하지 않았다는 건 백작님도 제게 마음이 있다는 뜻이겠죠?"

"글쎄."

"아무래도 좋아요. 지금 이 순간은 내가 가장 가깝다는 걸 확신하니까."

눈을 반짝이며 말을 하던 그녀의 고개가 돌아갔다.

그곳에는 아직까지 상황파악이 되지 않아 멍하니 서 있는 모습이 눈에 들어왔다.

"당신들, 남자라면 자기 주제를 알고 적당히 나대는 것이 중요하다고 생각하는데 어떻게 생각해요?"

"뭐라고? 지금 네가 감히……."

독이 오른 고양이처럼 날카로운 말을 쏟아내는 크레티아를 보며 분노를 참지 못한 크란이 손을 뻗을 때, 그녀가 곧바로 움직임을 보였다.

퍽!

"끅?"

섬뜩한 파육음과 함께 기울어진 크란의 몸이 그대로 허물어졌다. 빠른 속도로 접근한 크레티아의 주먹이 복부를 강타했던 것.

"한 주먹거리도 안 되면서 폼 잡긴."

눈을 까뒤집은 크란은 기절했고, 옆에 서 있던 이브린이 굳은 표정으로 그녀를 바라보았다.

"…마나 연공법을 익혔군."

"설마 이 정도 되는 미모의 여인에게 독가시가 없을 거라 생각한 건 아니겠죠?"

"······."

침묵은 무언의 동의, 수행원이 없어서 아무런 탈도 벌어지지 않으리라 생각했지만 그것이 자신의 실수라는 걸 알게 되었다.

"후회하게 될 거다."

"벌써 후회하고 있으면서 허세를 부리긴."

"닥쳐라!"

아름다운 미모는 둘째치더라도 폐부를 후벼 파는 날카로운 말 하나하나가 가슴을 쥐어뜯는 것처럼 매섭게 달려들었다.

인상을 일그러뜨린 이브린이 앞으로 나설 무렵, 크레티아의 신형은 이미 그의 앞에 도달해 있었다.

퍽!

"후후! 내가 크란 녀석과 똑같이 당할 정도로 허술해 보였나?"

복부를 향하던 주먹은 이브린의 손에 잡혀 있었다. 입꼬리를 말아 올린 그가 크레티아의 손을 쓰다듬으며 입꼬리를 말아 올렸다.

"부드럽군, 어떻게 관리를 했는지 궁금할 정도야."

"변태 새끼!"

뻐억!

순간 세상이 하얗게 바뀌더니, 이브린의 표정이 참혹하게 일그러졌다. 그리고 사타구니에서 퍼져 나가는 무력감에 그대로 허물어졌다.

"끄으! 거, 거길……."

"내 손을 희롱한 대가야."

빽!

다시 한 번 가격.

엄습하는 고통을 이겨내지 못한 이브린은 그대로 기절하고 말았다. 두 번이나 가격당한 사타구니에서는 붉은 피가 흘러내리고 있었다.

"……."

그 모습을 본 티엘은 저도 모르는 사이 눈살을 찌푸리고 있었다.

가랑이에 손을 넣고 몸을 둥글게 말아 쓰러진 이브린의 모습을 보면 남자만 느낄 수 있는 고통이 무엇인지 알게 해주었다.

낯선 남자에게 희롱 당하던 손을 탁탁 털어낸 크레티아는 엉거주춤 서 있던 레피를 보며 상큼한 미소를 지어주었다.

"이제 당신만 남았네요. 걱정하지 말아요. 나에게 찝쩍대는데 가장 소극적이었던 사람을 벌줄 만큼 냉혹하지는 않으니까요."

"서, 설마!"

그때까지 침묵으로 일관하고 있던 레피의 음성이 높아졌다.

아버지가 행정관이기에 크레티아가 누구인지 알아차릴 수 있었던 것이다.

직접 본 적이 없기에 알아차리지 못했지만 이 정도의 미모와 이 정도의 무위를 과시할 수 있는 여인은 결코 흔치 않았다.

"크, 크레티아 공녀님?"

"어머, 이제 아셨어요? 친구분들이 너무 늦게 알아차렸다고 통탄할지도 모르겠는 걸요."

"…정말 공녀님이실 줄은. 주, 죽을죄를 지었습니다. 용서해 주십시오."

공녀를 희롱하려던 것은 죽음으로 갚기 힘든 대죄였다. 레피는 자신의 친우들이 얼마나 큰 죄를 지었는지 깨닫고는 두 다리가 후들거리는 걸 느꼈다.

"그 대가는 이 두 사람이 치르기는 했는데, 나머지는 잘 모르겠네요."

"예? 그게 무슨……."

질문을 던지려던 그는 크레티아가 옆으로 비켜서면서 티엘에게 눈짓을 하는 걸 보고 입을 다물고 말았다. 그리고 뚫어지게 그를 바라보다가 이내 사색으로 바뀌었다.

크레티아와 함께 어울릴 만한 영지 내의 젊은 청년은 단 한 명밖에 없었던 것이다.

"배, 백작 각하!"

"일찍도 알아차렸군. 누구의 아들이지?"

"죽여주십시오!"

죽었다!

그 사실만이 레피의 머릿속을 가득 채우고 있었다. 허물어지듯 몸을 날린 그는 엎드린 채 떨려오는 몸을 가누지 못했다.

"애꿎은 사람을 죽이는 취미는 없다."

그러면서 크란과 이브린을 가리켰다.

"다음부터는 사람 보는 눈을 기르도록. 이 짓거리를 하고 다니면 죽기 십상이다."

"예, 예! 죽을힘을 다해 보는 눈을 기르도록 하겠습니다."

"그거면 됐다. 일어나지."

"칫!"

아무런 처벌도 하지 않고 티엘이 자리에서 일어나자 크레티아가 입술을 삐죽였지만 다른 말을 하지 않고 조용히 뒤를 따랐다.

"백작님은 사랑하는 연인이 희롱을 당했는데 가만히 지켜보고만 계신 건가요."

"사랑하는 건지 아직은 모르겠는데 내가 보기에는 애꿎은 희생양들만 걸려든 것 같더군."

"뭐예요, 그게. 전 정말 희롱당한 느낌이던 걸요?"

"그건 오히려 내가 아닌가?"

입술을 매만진 티엘이 입꼬리를 말아 올리자, 대담하게 그에게 먼저 입맞춤하던 것을 떠올린 크레티아의 얼굴이 빨갛게 달아올랐다.

"모, 못됐어요!"

"나쁘진 않았다. 여태까지 봐온 모습 중 가장 너답더군."

"정말이요?"

"이제 무슨 말을 하려고 했는지 알 것 같았다. 어쨌든 오늘의 데이트가 무의미하지는 않은 것 같군."

실비아의 강권에 의해 실행하게 된 데이트였지만 이틀 동안 느껴진 감정의 변화는 그리 나쁜 것이 아니었다.

"그렇다면 정말 다행이에요. 저도 제 노력이 배신당하지 않은 기분이니."

"그것 참 다행이군. 그럼 돌아갈까."

"네!"

활기차게 대답한 그녀가 성큼 한 걸음 내딛더니, 그대로 티엘의 팔을 끌어안았다. 대담한 행동이었지만 그것을 제지하지는 않았다.

제6장
권력의 이동

클레디오 백작이 사르빌 지방으로 떠난 뒤, 황도는 그야말로 혼란의 도가니였다.

무력의 공백이 생긴 자리를 타 지방 영주들이 호시탐탐 노리고 있었고, 중앙 권력을 차지하기 위해 귀족들은 연일 치열한 정쟁을 벌이고 있었다.

히드로 2세는 클레디오 백작의 부재를 틈타 친황제파 귀족들을 포섭하고 정계에 간섭하고자 했지만 이미 황제의 권위는 땅바닥으로 떨어져 어떠한 구실도 할 수 없게 된 상황이었다.

유일한 충신, 하브리스 공작을 부른 그의 음성은 허탈하게 가라앉아 있었다.

"하브리스 공작, 정녕 짐이 실수를 한 것이란 말입니까."

"……."

하브리스 공작은 아무 말도 해줄 수가 없었다.

클레디오 백작이 떠난 것은 나쁘지 않은 것이었으나, 문제는 이전에 히드로 2세가 범한 실수들이 발목을 붙잡고 있는 현실이었다. 그의 행동은 귀족들의 신뢰를 잃게 만들었고, 나아가 정쟁을 벌일 빌미를 제공하고 말았다.

이것만 아니었으면 히드로 2세가 정계에 어느 정도 영향력을 확보하는 것이 성공했으리라.

하지만 그 탓을 히드로 2세에게 전가하는 말을 할 수는 없었다.

"공작, 정녕 짐이 할 수 있는 일은 아무것도 없는 것입니까."

"폐하."

"말씀하세요."

"아직 포기하기에는 이르다는 것이 제 생각입니다. 불경할 수 있으나 신의 생각을 들어보시겠습니까?"

"클레디오 백작이 그렇게 무례를 범한 상황에서 짐에게 더 큰 충격이 어디 있겠습니까. 말씀해 주세요."

쓸쓸한 미소를 짓는 히드로 2세를 보며 하브리스 공작은 마음을 가다듬었다.

저 불쌍한 모습에 위로가 담긴 말을 한다 한들 바뀌는 것은 아무것도 없었다.

"황공하오나, 현 상황에서 폐하가 온전히 권력을 움켜쥐는 것은 불가능합니다. 귀족들이 더 큰 권력을 쥐고 있고, 그것을 폐하와 공유하려 들지 않기 때문입니다."

"그래서요?"

"저번에 말씀하신 외부 인사를 영입하는 것이 최선이라고 생각됩니다."

"외부 인사라, 그것이 실패했다는 걸 잘 알고 있지 않습니까? 윈스터 후작도, 헤셸 백작도, 로운 백작도 모두 거절을 했어요. 다른 귀족이라고 해서 짐의 제안을 받아들일 것 같지 않습니다."

로운 백작을 제외한 윈스터 후작이나 헤셸 백작 모두 좋은 말로 거절했지만 황실의 권위를 세울 생각에 잔뜩 기대하고 있던 히드로 2세로서는 그들의 거절이 큰 충격으로 다가왔다.

"그것은 신이 착각한 부분이 있습니다."

"그게 무슨 말이죠?"

"이전까지는 클레디오 백작이 존재하기에 강력한 힘을 바탕으로 견제를 해주길 원하는 마음이 있었습니다. 하지만 지금 상황은 다릅니다."

"좀 더 자세히 말씀해 보세요."

"말 그대로입니다. 더 이상 세 가문을 고집하지 않아도 될 만큼 상황이 호전되었다는 뜻입니다. 클레디오 백작이 사라진 이상 폐하의 앞을 가로막는 것은 정쟁만 일삼는 귀족들입니다. 그들을 견제할 수 있는 능력의 소유자라면 능히 힘이 되어줄 수 있지 않겠습니까?"

"흐음! 생각하는 인물이라도 있습니까?"

"레디븐 백작입니다."

"레디븐 백작?"

처음 들어본 이름이기에 히드로 2세가 고개를 갸웃거렸다. 하지만 하브리스 공작은 최근 그 세력을 널리 떨치고 있는 레디븐 백작에 대해 상세히 조사를 마쳐놓은 후였다.

"레디븐 백작가는 황도에서 멀리 떨어지지 않은 곳에 위치해 있습니다. 북으로 윈스터 후작가, 동으로 헤셀 백작가를 접하고 있어 세력 확장이 용이하지 않았으나, 근래 들어 맹렬한 기세로 이름을 떨치고 있는 곳이기도 합니다. 폐하께서 그를 품는다면 정쟁을 벌이는 귀족들에게 일침을 가하실 수 있으리라 생각합니다."

"레디븐 백작이라, 레디븐 백작……."

기억에 없는 이름인 만큼 몇 번이나 중얼거리며 곱씹어보는 히드로 2세였다.

하지만 하브리스 공작의 추천인 만큼 허튼 것일 리 없었다.

"그가 정말 중앙 귀족들을 견제할 수 있으리라 생각합니까?"

"윈스터 후작가, 헤셀 백작가 사이에서 세력을 일군 영주입니다. 그 능력이 범상치 않으리란 것이 제 생각입니다. 그를 불러들이는 것은 폐하께 있어 손해가 되지 않을 것입니다. 만약 역량이 부족하다면 폐하께서 약간의 편의를 봐주시면 되고, 역량이 뛰어나다면 그를 품고 황권을 강화시키시면 됩니다."

"……"

똑똑.

생각에 잠긴 히드로 2세는 팔걸이를 두드리며 생각에 잠겼다. 자칫 치명적인 한 수가 될 수도 있지만 지금 상황에서 더 나빠질 수 없다는 것이 함정이라면 함정이었다.

"좋습니다, 그를 부르도록 하지요."

"곧바로 소식을 전하겠습니다."

욤 지방의 유력한 귀족들의 군대를 차례대로 격파한 레디븐 백작의 행보는 파격의 연속이었다.

북의 윈스터 후작가, 동의 헤셀 백작가를 둔 채 서진에 서
진을 거듭하더니, 라이오너 후작가와 긴밀한 관계를 맺고 있
던 알티모어 백작령까지 함락시키는 데 성공한 것이다.

삼만의 군을 동원하여 굳건히 성을 지키는 것을 여러 차례
공격하다가 힘들다고 여긴 레디븐 백작은 후퇴 명령을 내렸
다. 그 모습을 보고 욕심이 동한 알티모어 백작은 직접 군을
이끌고 진격, 미리 숨어 있던 복병이 성을 함락시키고, 앞뒤
로 포위하여 알티모어 백작을 사로잡는 데 성공했다.

레디븐 백작은 폭정을 일삼은 알티모어 백작을 사형시키
고, 그의 식솔들을 모조리 노예로 강등시켜 팔아버렸다.

욤 지방이란 거대한 곳을 손에 넣은 레디븐 백작은 미처 기
뻐할 겨를도 없이 황도에서 도착한 사신을 맞이해야만 했다.

"…하여 레디븐 백작은 지금 즉시 군을 이끌고 황도로 향
하여 짐을 도와 도탄에 빠진 백성들을 구할 준비를 하라!"

"폐하께서?"

"폐하의 뜻이오."

"흐음, 알겠소. 휘하 가신들과 대화를 나눈 뒤 결정을 내리
도록 하겠소."

긍정의 말을 한 뒤 사신을 내보낸 레디븐 백작은 휘하 가신
들을 둘러보았다.

그들은 갑작스러운 히드로 2세의 제안에 어리둥절한 기색

을 보이고 있었다.

"다들 들었을 테니 어떤 생각을 하고 있는지 듣고 싶군."

"이건 기회입니다! 현재 황도는 클레디오 백작이 떠났다고
하니 주군께서 가시면 당장 권력의 정점에 올라설 수 있습니
다. 욤 지방도 넓지만 황도를 손에 넣는다면 단번에 영주들
중 가장 큰 힘을 손에 넣을 수 있게 됩니다!"

자리에서 일어선 케빈이 강하게 주장을 하였다.

일찍이 그곳을 지배했던 리그디스 공작은 오십만 대군을
동원함으로써 황도의 저력이 얼마나 무서운 것인지 영주들에
게 널리 떨쳤다.

그것을 아는 만큼 케빈은 레디븐 백작의 역량을 발휘할 수
있는 무대로 황도만큼 적합한 곳이 없다고 확신을 하고 있었
다.

"그렇게 진행되면 좋겠지만 황제 폐하도 바보가 아닌 이상
날 불러들일 리가 없겠지."

"그래도 마찬가지입니다. 저는 주군께서 실패할 거라 생각
하지 않습니다!"

"그렇게 생각해 주는 것은 고맙고, 다른 것은 일단 생각을
해봐야겠군."

"주군, 신의 생각을 말씀드리겠습니다."

"좋다, 제이안. 말해보도록."

레디븐 백작의 허락이 떨어지자, 자리에서 일어선 제이안의 시선이 카이후에게 향했다.

수많은 가신들이 자신의 의견을 주장하겠지만 제1책사인 그의 말이 가장 큰 영향력을 발휘할 터였다.

'하지만 이것은 기회다.'

보수적인 성향의 카이후는 아마 황제의 제안을 받아들이는 것이 좋다고 생각할 것이다. 황가의 존속이 필요하고, 그들을 받듦으로써 큰 발판을 마련할 수 있을 테니 말이다.

"저는 황도로 향하는 것이 좋다고 생각합니다."

"호오, 무슨 이유에서지?"

"황도로 향하는 것에는 세 가지 장점이 존재하고, 세 가지 단점이 존재합니다. 저는 주군께 먼저 단점부터 말씀드리고자 합니다."

레디븐 백작은 대답 대신 그것이 무엇인지 얼른 듣고 싶다는 듯 제스처를 취해 보였다.

"먼저 한 번 타게 된 흐름을 놓치게 된다는 점입니다. 이번 알티모어 백작령의 함락으로 주군께서는 능히 라이오너 후작가를 무너뜨릴 만한 흐름을 타게 되었습니다. 만약 폐하의 명을 받들어 황도로 향하게 되면 이 흐름은 놓칠 수밖에 없을 것입니다. 이는 오랜 세월 만들어놓은 큰 기회를 놓치게 되는 셈입니다. 두 번째는 욤 지방의 제어력입니다. 주군께서 이제

막 욤 지방을 통일한 시점에서 황도로 떠나시는 것은 자칫 두 마리의 토끼를 모두 놓칠 수 있다는 걸 의미합니다. 욤 지방은 주군의 힘의 근원인 만큼 이곳의 제어력 상실은 치명적인 약점이 되어 다가올 수밖에 없습니다."

"……."

제이안의 말을 들은 장내는 침묵에 빠져들었다. 제1책사인 카이후도 눈을 빛내면서 제이안의 말이 이어지기를 기다렸다.

레디븐 백작도 그를 채근했다.

"마지막이 남았군."

"마지막은 주군입니다."

"내가 단점이라고?"

"이번 황도행을 받아들이신다면 주군께서는 황제 폐하를 등에 업을 수 있으나, 반대로 그것이 얽매일 수밖에 없는 상황에 직면하게 됩니다. 가장 큰 것을 얻고 가장 큰 것을 잃을 수밖에 없습니다. 이것은 윈스터 후작이나 헤셀 백작이 면전에서 대놓고 거절하지 못한 것과 같습니다."

"그렇군, 황도로 향하게 되면 나에게 충신이라는 말이 쏟아지겠지만 반대로 황제 폐하를 끝까지 모셔야 한다는 문제가 발생하게 되는군. 이것은 결코 좋은 현상이 아니지. 결코 좋은 게 아니야."

제이안의 말은 레디븐 백작에게 많은 생각을 하게끔 해주었다.

황도의 힘은 매력적이지만 그것은 독이 든 성배와 같았다.

성배라는 매력에 홀려 독을 간과하다가는 자칫 치명적인 일격을 허용하게 되는 셈이다.

"그럼 이제 장점을 들어보고 싶군."

"첫째는 황도의 풍부한 전력을 손에 넣을 수 있다는 점입니다. 리그디스 공작이 오십만 대군을 동원할 정도의 잠재력! 주군의 능력이시라면 단기간에 황도와 욤 지방의 저력을 끌어내어 능히 백만 대군으로 만들어놓을 수 있으리라 생각합니다."

"백만이라, 윈스터가 발버둥을 쳐서 얻는 것보다 훨씬 달콤한 결실이로군."

하하하하!

레디븐 백작의 너스레에 주변에서 웃음이 터져 나왔다.

그 또한 입가에 미소를 지은 채 제이안을 바라보며 다음 말을 기다렸다.

"다음은 방금 전에도 언급했다시피 황제 폐하를 등에 업을 수 있다는 것입니다. 현재 황제 폐하의 권위는 유명무실해졌다고 하지만 그 상징성에 있어서는 변함이 없습니다. 이것은 주군께서 일을 함에 있어 큰 도움으로 다가올 수 있을 것입니다. 황제 폐하의 권위를 주군이 등에 업게 되시니, 그 효용가치는 무궁무진합니다."

"황제의 권위라, 내가 황제가 아니더라도 황제가 된 것과 같은 효과를 낳는군. 듣는 것만으로 가슴이 두근거리는군. 마지막 이유가 듣고 싶다!"

"주군의 역량 강화입니다."

"뭐?"

"황도에는 권력을 움켜쥐기 위해 중앙 정계 귀족들이 이전투구를 벌이고 있습니다. 주군이 앞서 언급한 두 가지를 모두 갖기 위해서는 중앙의 노회한 여우들을 상대하셔야 합니다. 이들을 모두 휘하로 복속시킬 수 있으실 때, 주군께서는 제국을 아우를 역량의 영웅으로 우뚝 서게 되실 겁니다."

가장 늦게 언급했지만 황도 진입에 있어 가장 큰 문제가 바로 중앙 정계 귀족들이었다.

리그디스 공작의 독재 체제에서도 살아남은 것이 그들이고, 권력의 속성을 누구보다 제대로 파악하고 있는 것도 그들이었다.

노회한 너구리들인 그들을 부린다는 것은 그 정점에 선다는 것을 의미한다.

이는 결코 쉬운 일이 아니었다.

"…멋진 말이다. 하지만 내가 그것이 가능할 거라 생각하나?"

"주군이 아니고서는 누구도 불가능한 일입니다."

"좋군, 좋아! 내 의중은 점점 황도로 향하는 쪽으로 기울어지는군. 카이후! 그대의 생각이 듣고 싶다."

레디븐 백작의 호명에 카이후가 자리에서 일어났다. 자연히 장내는 알 수 없는 긴장감이 퍼져 나가기 시작했다. 카이후가 어떤 말을 하느냐에 따라 레디븐 백작의 행동이 결정이 날 터였다.

"그저 주군의 뜻이 향하는 곳으로 행동하시면 됩니다."

"그것뿐인가?"

"이미 필요한 부분은 제이안 책사가 모두 언급했습니다. 장점과 단점이 뚜렷하니 결정은 주군의 몫입니다."

"그렇군, 황도란 말이지, 황도."

주변의 강대한 영주들이 일찍부터 존재감을 드러내고 있었기에 숨을 죽이고 힘을 길러온 것이 벌써 십여 년이었다.

마음속에 풍운의 꿈을 품고 있지만 그것은 누구도 범접하지 못할 만큼 거대한 것이었다.

"황도로 향하겠다! 제장들은 모두 준비에 만전을 기울이도록. 황도로 가서 늙은 너구리들을 때려잡고 제국을 우리 손으로 변화시킨다."

"와하하하!"

"현명한 판단이십니다."

늙은 너구리들이란 말에 곳곳에서 웃음이 터져 나왔고, 제이안은 입가에 미소를 지으며 고개를 깊이 숙여 보였다.

욤 지방의 변화가 황도를 뒤덮으려고 할 무렵, 북부에서도 피할 수 없는 거대한 움직임이 벌어지고 있었다.

윈스터 후작가와 노르앙 후작가는 초기에 연합군을 결성할 만큼 나쁘지 않은 관계를 유지하였지만 차근차근 성장에 성장을 거듭함에 따라 어느 순간 충돌할 수밖에 없는 위치에 서 있게 되었다.

노르앙 후작가는 오랜 세월 북방에서 단련된 강력한 기마병을 거느린 정통 강자였다. 그들이 전장에서 보이는 용맹은 적을 압도하고, 아군을 용맹하게 만드는 힘을 품고 있었다.

윈스터 후작가는 정통 명문 가문으로 그 힘은 크지 않았지만 수많은 인재들이 휘하에 모여 있었다.

그들은 윈스터 후작가의 내실부터 다지며 강력한 기반을 마련하도록 유도했고, 차근차근 세력을 확장하여 주변의 견제를 받지 않은 채 성장할 수 있었다.

그리고 그 존재감이 외부에 드러나기 시작할 무렵에는 기엔 지방과 청크 지방이라는 두 거대 지방을 손에 넣은 대가문으로 성장해 있었다.

그 기반에서 끝없이 쏟아지는 정예병은 가히 두려울 만한 것이었다.

그것은 거듭 충돌하는 노르앙 후작가에서 절실히 느끼고 있었다.

"벌써 이렇게 되었군."

평원 가득 도열해 있는 윈스터 후작가의 군대를 보며 노르앙 후작가가 중얼거렸다.

초기의 전쟁은 팽팽함 그 자체였다.

노르앙 후작은 무려 십만 대군을 동원하였고, 윈스터 후작가의 군대를 상대로 여러 차례 승리를 거둘 수 있었다.

하지만 그것은 짧은 순간의 결실에 지나지 않았다.

조금씩 저력을 발휘한 윈스터 후작가의 저력은 가히 끝을 알 수 없는 것이었다.

엇비슷한 숫자의 병사들은 하나같이 잘 훈련된 정예병이었고, 그들을 바탕으로 밀어붙이는 전술은 간단했지만 접하는 이들에게 있어 막아낼 수 없는 절망스러운 수법이었다.

그렇게 패배를 거듭하다 보니 어느덧 노르앙 후작가의 군은 오만으로 줄어들어 있었다.

급히 훈련병 삼만을 채워 넣어 팔만이란 숫자를 유지했지만 그사이 꾸준히 불어난 윈스터 후작가의 군은 십오만을 넘기고 있었다.

마지막 결전을 준비하여 철저하게 수성에 임하고 있지만 그것이 얼마나 이어질지 스스로 확신하지 못했다.

"이것이 나의 끝이란 말인가."

곳곳에 퍼져 나가는 함성 소리와 비명 소리가 귓가를 파고 들었다. 전투는 치열한 양상을 띠었지만 노르앙 후작은 알고 있었다.

이 균형이 오래 이어지지 않을 거란 것을.

윈스터 후작가의 끝없이 이어지는 지원은 기옌 지방과 청크 지방에서 철저하게 다져 놓은 기반이 얼마나 탄탄한지 알게 해주었다.

"결국 나는 이 난세의 패배자에 지나지 않는군."

풍운의 꿈을 안고 제국의 난세에 출사표를 던졌지만 신은 자신의 손을 들어주지 않았다.

제국 북부의 실력자, 기마군단의 주인. 여러 수식어가 자신을 표현했지만 결국 맞이한 것은 새로운 실력자의 힘을 보태줄 영양분에 불과했다.

"나는 졌다. 모두 항복하고 목숨을 부지하도록. 그것이 나의 마지막 명령이다!"

마나를 실어 항복을 종용한 노르앙 후작은 스스로 목숨을 끊었다.

그의 곁에 선 충복들 또한 목숨을 끊음으로써 오랫동안 이어진 전쟁이 막을 내리게 되었다.

　노르앙 후작의 죽음은 곧장 윈스터 후작에게 전해졌다.

　오랫동안 대적해 오던 적장의 죽음에 윈스터 후작은 크게 기뻐하며 연회를 열었다.

　"그동안 수고했다. 모두 잔을 들도록 하라!"

　"예, 주군!"

　명문가란 이름에 이끌려 모여든 인재는 그야말로 헤아리기 힘들 만큼 많았다.

　윈스터 후작은 자신을 따르는 가신들을 보며 입가에 미소를 지었다.

　저들이 있기에 오늘의 가문이 있고, 이만한 힘을 얻게 되었다. 이제 남은 노르앙 후작의 힘을 흡수하게 되면 제국 내에서 단독으로 자신을 대적할 수 있는 영주는 사실상 없다고 해도 과언이 아니다.

　"오랫동안 이어진 전투에 수고가 많았다. 오늘은 오랫동안 이어진 전쟁에 경들을 치하하고, 앞으로의 움직임에 대해 논의하고자 한다."

　노르앙 후작가의 세력을 병탄한 윈스터 후작가는 무려 삼십만이 넘는 대군을 동원할 수 있는 세력으로 변모해 있었다. 시일이 다소 걸리겠지만 그 존재감 하나만으로 제국 전체에 영향력을 행사할 수 있을 정도였다.

"주군, 신 실레반이 고하고자 합니다."

"그래, 그동안 수고가 많았다, 실레반. 고하도록 하라."

"예! 현재 본가는 노르앙 후작가와의 결전으로 많이 지쳐 있는 상황입니다. 차분하게 그들의 세력을 접수하면서 당분 간 휴식기를 취하는 것이 현명하다고 판단됩니다."

"호오, 그렇군."

삼십만이 넘는 대군을 동원할 여력을 갖췄지만 강적 노르 앙 후작은 호락호락하지 않았다. 세력을 수습하는 과정에서 한숨 돌리고 전력을 재정비한다는 말이 그럴 듯하게 여겨졌 다.

"주군! 신 채블린이 고하고자 합니다."

"말하라."

"실레반 책사님의 말씀도 옳으나, 한 번 흐름을 탄 기세는 다시 타기 쉽지 않은 것이라 생각합니다. 제 생각에는 이 여 세를 몰아 더 큰 세력을 일구는 것이 좋다고 생각합니다."

"더 큰 세력이라고?"

"예! 예상보다 노르앙 후작가가 허망하게 무너졌기에 가문 의 저력은 건재합니다. 이 기회에 남쪽으로 시선을 돌려 더 큰 세력을 일궈낸다면 제국의 모든 흐름은 주군의 의중에 따 라 움직이게 될 것입니다."

제국을 자신의 뜻대로 움직인다는 것!

굉장히 매력적인 말이 아닐 수 없었다.

윈스터 후작은 채블린이 어느 곳을 언급하는지 알고 있었지만 겉으로 드러내지 않으며 물었다.

"어디를 보는 것이지?"

"남쪽의 레디븐 백작가와 헤셀 백작가입니다."

"흐음! 레디븐 백작은 나의 오랜 친우이고, 헤셀 백작은 사촌 동생이다. 그 정도는 알고 있겠지?"

"난세에 친구도, 사촌도 없다고 생각합니다. 제가 생각하기에, 주군께서 그들의 항복을 종용하는 것도 하나의 방법이라 생각됩니다."

"항복이라……."

턱을 매만지며 생각에 빠져드는 윈스터 후작이었다. 북방의 노르앙 후작이 사라진 이상 그를 배후에서 위협할 존재는 어디에도 없었다.

이것은 곧 앞으로 쏟아질 전력을 한곳에 집중할 수 있다는 뜻이었는데, 마음만 먹으면 레디븐 백작가나 헤셀 백작가 모두 처리할 수 있을 것 같았다.

상황이 기이하게 흘러가는 것을 느낀 실레반은 윈스터 후작의 마음을 돌리고자 고했다.

"주군 그것은 아직 시기상조라고 생각합니다."

"어째서지?"

"레디븐 백작가나 헤셀 백작가 모두 만만치 않은 저력을 지닌 곳입니다. 주군께서 저들을 적으로 돌린다면 남부에 큰 적을 두게 되는 것입니다. 유화책을 펼치셔서 가까운 거리를 유지하고, 힘을 기르소서. 그럼 주군의 힘에 감복한 저들이 자연히 주군의 품에 들어오게 될 것입니다."

"흐음."

실레반 백작의 말 또한 허황된 것이 아니었다. 모두 일장일 단이 있는 것이니 만큼 윈스터 후작은 쉬이 결정을 내리지 못했다.

"질렛. 그대의 생각은 어떻지?"

선택권은 제1책사인 질렛에게 넘어왔다. 실레반은 속으로 안도의 한숨을 내쉬었고, 채블린의 표정은 자연히 일그러졌는데, 제1책사 질렛은 제2책사인 실레반과 돈독한 사이란 걸 모르는 이는 없었다.

하지만 그의 입에서 흘러나온 말은 예상과 다른 것이었다.

"어느 것도 나쁜 생각은 아닙니다. 주군께서 당장 더 큰 것을 원하신다면 적들의 압박을, 훗날을 기약하신다면 숨을 고르시면 되는 것입니다. 한 가지 분명한 것은 모든 선택권이 주군에게 주어졌다는 점입니다. 이제 주군의 뜻을 거스를 자는 제국 내에 누구도 없습니다."

"좋군."

누구의 눈치도 보지 않고 선택을 할 수 있다는 것이 윈스터 후작을 흡족하게 만들었다.

"결정을 내렸다. 당장 병사들이 많이 지쳤지만 그 흐름이란 것을 두기에는 안타깝군. 헤셀 백작과 직접 충돌하는 것은 상당한 부담감을 동반하니 세이주 지방을 향해 군을 움직이도록 하겠다. 나의 이런 결정은 바뀌지 않을 테니 모두 합심하여 세이주 지방 공략에 힘을 기울이도록."

"예, 주군!"

세이주 지방은 근래 들어 헤셀 백작이 공략하고 있는 곳으로, 식량 생산이 풍부하고 제국 동부 해안을 장악할 수 있는 곳이었다.

모든 역량을 집중하지는 않지만 그 여세를 몰아 세이주 지방까지 노리겠다는 뜻은 사실상 채블린의 의견에 손을 들어준 것과 다를 바 없었다.

"……."

그 의미를 알고 있는 실레반의 표정은 딱딱하게 굳어 있었다.

파티가 끝난 뒤, 실레반은 테라스로 나간 질렛을 찾아 나섰다. 그리고 홀로 산책을 하고 있는 그를 발견하고는 곧장 그

곳으로 발걸음을 옮겼다.

"어째서입니까?"

"무엇을 말하는 겐가?"

"저는 질렛 님께서 이런 결과가 나올 것이라 모르지 않았으리라 생각합니다. 지금 상황에서 세이주 지방으로 진군하는 것은 무모합니다."

"자네도 그렇게 생각하고 있었군. 하지만 이것이 최선이었다네."

"그게 무슨 말씀이십니까?"

최선이라는 형태가 자신의 생각과 다르자 실레반의 얼굴에 의문이 서렸다. 누가 보아도 숨을 고르고 진군하는 것이 최선이라는 것은 분명하지 않은가. 자신이 질렛이 생각한 부분에서 무언가 놓친 부분이 없는가 싶어 심각한 고민에 빠져들어야만 했다.

"이미 내 의견을 묻는 시점에서 주군의 의중은 정해진 뒤였지. 그것을 최소화하기 위해서는 세이주 지방으로 진군하도록 유도하는 것밖에 내가 할 수 있는 것은 없었지."

"그런……."

"주군께서는 더 이상 예전의 주군이 아니지. 그것을 알아야 좀 더 냉정하게 판단이 가능할 걸세."

"……."

예전에 알던 사람이 아니라는 말은 그에게 있어 큰 충격으로 다가왔다.

한동안 아무 말도 하지 못하던 그는 질렛이 남긴 말을 곰곰이 곱씹다가 눈을 빛냈다.

"이것이 최선이라면, 나도 다른 방법으로 최선을 다하는 수밖에."

로운 백작가에서 정보부에서 하는 일은 굉장히 많다.

그것은 단순히 정보만 취합하는 형태가 아닌 감사의 역할도 맡고 있기 때문인데, 정보를 자유로이 열람할 수 있는 것은 오로지 영주뿐이다.

그 외의 인물에게는 필요한 정보만 주어지는 형태인데, 군사부의 경우에는 각 영주들의 동태나 정치적인 연합 등의 소식이 전해졌다.

그런 부분에 있어 노르앙 후작의 패배와 자살은 큰 충격으로 다가올 수밖에 없었다.

"노르앙 후작가가 무너진 이상 북부에 윈스터 후작가를 제지할 상대가 없게 되었습니다. 윈스터 후작은 거대한 힘을 손에 넣었군요."

제이론은 노르앙 후작가가 허망하게 무너진 것에 놀라는 한편, 윈스터 후작가를 견제할 방법이 없다는 것에 우려를 표했다.

토릭슨 또한 마찬가지였기에 인상을 지그시 찌푸렸다.

"음, 이렇게 되면 여러모로 골치가 아플 텐데."

윈스터 후작가의 북부 일통은 여러 가지 시사하는 바가 많았다.

가장 먼저 단일 세력으로 가장 큰 힘을 손에 넣었다는 점이다. 그 전까지 북부 이강의 체제로 노르앙 후작가와 윈스터 후작가가 꾸준히 전력을 소모하였지만, 지금 시점에서 그 힘이 하나로 합쳐졌으니 단일 세력으로 유일하게 삼십만 이상의 대군을 동원할 수 있게 되었다.

"단지 거기에 그치지 않는 것이 문제입니다."

"세이주 지방으로 진군이라고? 고삐를 늦추지 않는군."

노르앙 후작가를 점령하면서 숨 고르기에 나설 것이라는 예상과 달리 세이주 지방의 진격에 발을 걸쳤다는 소식을 전해 듣고 어이가 없는 표정을 지었다.

한편으로는 대담하기 짝이 없는 작전이었다.

조금이라도 세이주 지방의 영토를 손에 넣는다면 훗날 헤셸 백작가를 몰아냄에 있어 더 큰 피를 흘리지 않아도 되기 때문이다.

"일단 윈스터 후작가의 남진을 어떻게 효율적으로 막아내느냐가 중요하겠군. 헤셸 백작가에게는 그 정도 역량을 기대하기가 힘들다.”

“헤셀 백작은 윈스터 후작에 대한 감정이 좋지 않으니 어느 정도의 역할을 기대해도 괜찮지 않을까요?”

“어느 정도일 뿐, 종래에는 윈스터 후작가의 부속품으로 전락하겠지. 차라리 레디븐 백작에게 기대하는 게 더 나을 거다.”

좋지 않은 감정이 있다 보니 흘러나오는 말도 곱지 않았다.

제이론도 고개를 끄덕여 동의를 표했다.

“레디븐 백작가의 역량은 뛰어납니다. 하지만 아직 세력이 부족하지 않습니까?”

“아니, 나도 방금 전에 들을 수 있었는데, 황제가 레디븐 백작가에 도움을 청했다고 하더군.”

“그 말은……?”

“레디븐 백작이 칠만의 군을 거느리고 황도로 향했다는 소식이 전해졌다.”

“……”

생각보다 큰 건수였기에 제이론은 표정을 굳히고 생각에 빠져들었다.

레디븐 백작가가 황도를 접수하게 되면 상황은 기이하게 뒤틀린다.

황도에는 황제가 있다는 것을 제외하더라도 그 저력이 제국 내에서 가장 풍부하다는 것에 이견이 없을 정도였다.

만약 레디븐 백작가와 그 힘이 결합된다면?

상상하기 힘든 거대한 힘이 만들어지는 것이었다.

"대단합니다. 아니, 이것은 오히려 제국에 더 큰 반향을 일으키게 되는 일일지도……."

"그렇게 생각하나? 나도 마찬가지다. 레디븐 백작가는 방심할 수 없는 인물이지. 아마 잘 해결되면 자체적으로 윈스터 후작을 견제할 수 있으리라 생각한다만."

"그 정도면 다행이라는 생각이 들 정도입니다."

"그런가? 난 일단 황도로 향한 레디븐 백작이 윈스터 후작을 견제할 세력이라 생각하고 있다."

토릭슨과 제이론은 커다란 줄기에서 생각이 비슷했지만 세세한 부분에서 늘 의견을 달리했다.

그 이유는 두 사람이 생각의 궤를 다소 달리하고 있기 때문인데, 그 부분은 개인적인 영역이기에 서로 인정해 줄 뿐, 결코 포기할 생각은 없어 보였다.

"후우! 그리고 사소한 일이 발생했습니다."

"뭐냐?"

"주군과 크레티아 공녀님이 데이트를 하셨더군요. 형님은 알고 계셨다고 합니다만."

"그렇지, 주군의 데이트 코스를 안내한 것이 나니까. 그런데 무슨 문제가 발생했다는 것이냐?"

"주군과 공녀님이 데이트를 하던 도중, 몇몇 남자들이 찝쩍거렸다고 하더군요."

토릭슨은 고개를 끄덕였다. 크레티아의 미모라면 남자 입장에서 그냥 지나치기 힘든 미모임이 분명했다. 남자 몇 명이 찝쩍거리는 것이 결코 잘못된 일은 아니었다.

"작살이 났겠군."

"맞습니다. 그런데 주군한테 당한 것이 아닙니다."

"뭐?"

"크레티아 공녀님에게 작살이 났습니다. 그리고 그중 한 명은 그곳에 작살이 나서 남자 구실을 하기 힘들다고 하더군요."

"……"

할 말을 잃어버린 토릭슨.

제이론은 그 심정이 동감이라는 듯 한숨을 깊게 내쉬었다.

왜 매번 사건이 그냥 지나가질 않는지 머리가 지끈거리고 있었다.

"그 작살난 아버지가 용병 지부의 아버지라고 하더군요. 자식의 잘못을 인정하지만 너무 심한 게 아니냐고 작게 항의를 하던데……."

"이럼 간단하지 않냐?"

"예?"

"아스트롱 공작가에 항의하라고 해."

"으음!"

기발한 잔머리가 아닐 수 없었다. 사건은 이곳에서 벌어졌지만 지부장의 아들 그곳을 작살낸 것은 크레티아였으니, 사과는 로운 백작가가 아닌 아스트롱 공작가에 받아야 함이 옳은 형태였다.

"그럼 알아서 아스트롱 공작가에 항의를 하겠지. 아니, 아마 하지 못할 걸? 지 자식이 뭐 잘했다고 거기까지 가서 항의하겠냐."

"나쁘지 않은 방법이로군요."

"흐흐, 이런 꼼수가 필요한 시점이지. 그럼 잘 해결된 거지?"

"이게 잘 해결된 건지는 모르겠지만 해결은 된 것 같습니다."

"세상에 참 귀찮은 일이 많아. 어쨌든 가장 중요한 것은 윈스터 후작가의 성장인데, 커져도 너무 커져 버렸어. 이걸 제어할 방법이 없으면 하나뿐인데⋯⋯."

두 사람의 시선이 허공에서 마주쳤다. 서로 같은 생각을 하고 있음을 눈치챈 그들의 입가에 미소가 맺혔다.

"형님도 그 생각이십니까?"

"아아, 이제 우리에게 그 정도 권한은 주어지지 않았나? 권한이 주어졌으면 휘두를 줄도 알아야지."

"권한을 휘두르는 점에서 동의를 표하지는 않지만 저도 비슷한 생각입니다."

"흐흐, 그럼 가문의 미래를 위한 계획을 세워볼까."

그들의 대화는 밤이 깊도록 이어졌다.

티엘이 로웰린과 크레티아, 두 여인과 번갈아가며 데이트를 즐겼다는 소식은 저택 내에 널리 퍼졌다.

크레티아가 찝쩍거리던 용병 지부장의 아들을 고자로 만들어버린 소문이 퍼지면서 자연스럽게 데이트 사실이 전해진 것이다.

처음 그 사실을 접한 마리아는 웃음을 감추지 못했다. 그러다 데이트했다는 점을 주목하고는 티엘을 불러 자초지종을 물었다.

"데이트는 즐거웠니?"

"솔직히 저는 그리 즐겁지 않았습니다."

"정말?"

"토릭슨의 말을 듣고 최대한 맞춰주는 방향으로 향했습니다. 다만 그 기분이 나쁘지는 않더군요."

두 번의 데이트 그리고 두 번의 입맞춤.

그때 느꼈던 기이한 감정의 파장은 티엘에게 있어 마냥 나쁘지 않았음을 알려주고 있었다.

"그런데 무슨 일로 부르셨습니까?"

"맞선 준비가 되어서 불렀단다."

"그렇습니까?"

이미 짐작하고 있는 사안이었기에 티엘은 그리 놀란 표정을 짓지 않았다.

"궁금하지는 않니?"

"그리 궁금하지는 않지만 어머니의 표정을 보니 궁금해야 할 것 같군요."

"호호! 누가 보면 내가 강요한 것처럼 보이지 않니. 맞선 상대는 공교롭게도 다른 제국 사대 미녀 중 한 사람이란다. 나도 설마 이렇게 맞선 상대가 정해질 줄은 몰랐는데……."

티엘의 맞선 상대를 구하면서 제법 까다롭게 군 마리아였다.

그녀는 아들인 티엘의 가치를 냉정하게 환산하여 그에 어울리는 여인을 찾고자 했다.

이십대 중반에 미혼이라는 점, 거대한 영지의 주인이라는 점과 절대강자라는 부분까지 고려하니 그 누구도 그의 옆자리에 어울리는 것처럼 보이지 않았다.

그것이 마음에 들지 않았지만 아들의 상대를 찾으려면 어디 가서 드래곤 여성체라도 찾아야 할 판이니 조금 눈을 낮추는 수밖에 없었다.

그렇게 찾은 것이 바로 제국 사대 미녀이자, 제국의 상권에 이름을 떨치고 있는 여인이었다.

"그녀는 티엘 너와의 맞선에서 적극적인 모습을 보이더구나."

"제국 사대 미녀라, 누구입니까?"

"카롤리나 체스너인데 들어본 적 있니?"

"체스너 상단이군요."

"체스너 상단은 알고 있구나."

제국의 모든 귀족 청년들이 선망하는 제국 사대 미녀의 이름은 모르면서 체스너 상단에 대해서만 알고 있다고 하니 마리아는 고개를 절레절레 젓고 말았다. 티엘의 무심함은 언제 접해도 어색하기만 했다.

"그들의 자금력을 방관하다가 영지 몇 곳이 꼼짝 못하는 경우가 발생했습니다. 조심해야 할 자들이지요."

"그, 그렇구나. 그래도 지금은 맞선 상대를 들어야 하니 내 이야기에 집중해 주지 않겠니?"

"아, 예."

"카롤리나 체스너는 미모보다 뛰어난 재녀로 먼저 이름을 날리기 시작했단다. 아버지인 체스너 자작의 뒤를 받쳐 일을 시작했는데, 그 나이가 열셋에 불과했지. 하지만 업무 처리 능력은 놀라워서 체스너 상단을 놀랍도록 성장시켰다는 평가를 받고 있지. 현재 체스너 상단이 제국 내에서 열 손가락 안에 꼽히게 만든 것도 바로 그녀라고 한단다. 어떠니, 대단하지?"

"그런 여인이 왜 제국 사대 미녀라 불리는 것인지요?"

"얼굴이 궁금해서 그러니?"

마리아의 입가에 짓궂은 미소가 걸렸지만 티엘은 끄떡도 하지 않았다.

"그냥 궁금해서 그렇습니다."

그럼 그렇지 하는 마음이 들었지만 전과 다른 반응이기에 나쁘지 않은 느낌이었다.

"처음에 카롤리나의 얼굴은 알려지지 않았다고 하더구나. 공식 선상에서 모습을 드러내지 않는 것을 보고 엄청난 추녀라는 소문이 돌았는데, 성년식에 모습을 드러내면서 큰 파장을 일으켰지. 성인식에서 그녀는 자신의 미모 때문에 능력이 무시당하는 것이 싫었다고 밝히더구나. 덕분에 일약 제국 사대 미녀의 위치에 올라서는 기염을 토했지."

"……."

이야기를 듣고 있는 티엘의 표정에는 어떠한 감정도 떠오르지 않았다.

마리아는 굳어 있는 그를 보며 살짝 불안감이 생기는 것을 느끼고는 조심스럽게 물었다.

"뭔가 잘못된 점이라도 있니?"

"체스너 상단이 무엇을 노리고 있나 생각을 해봤을 뿐입니다. 일단 어머니께서 자리를 마련해 주셨으니 만나보겠습니다."

"고맙단다. 그런데 한 가지 물어보고 싶은 게 있는데……."

말끝을 흐린 마리아가 티엘을 힐끗 바라보았다. 무언가 하기 힘든 질문이란 것이 느껴졌지만 그는 개의치 않고 대답했다.

"말씀하십시오."

"넌 아름다운 여자가 싫은 거니?"

"무슨 뜻입니까?"

"말 그대로란다. 당장 저택에도 로웰린이나 크레티아가 있잖니. 모두 제국 사대 미녀라 불릴 정도로 탁월한 아름다운 미모를 지닌 아이들인데, 관심을 보이지 않는 게 이상해서 묻는 거란다."

마리아는 암암리에 티엘이 남색을 즐긴다는 소문을 듣고 기겁한 적이 있었다. 그가 절대 그럴 리 없다는 생각을 하고 있지만 여자를 필요 이상으로 멀리하는 모습을 보면서 내면에 불안감이 스멀스멀 피어오르는 중이었다.

"일단 여자를 그리 좋아하지 않습니다. 여자를 좋아하지
않으니 아름다운 여자를 봐도 그리 호감이 들지 않더군요. 그
렇다고 제가 가문 내에서 소문이 도는 남색가나 그런 것은 아
닙니다."

"그, 그렇지? 꼭 그것 때문에 물어본 것은 아니란다."

"단지 이성을 원하는 감정이 조금 마모되어 있다고 해야
옳겠군요."

"마모되었다고? 그럼 그녀들을 보면서 아무 생각이 들지
않는다는 거니?"

"아무 생각이 어떤 기준인지 모르겠습니다."

"그야 물론 껴안고 싶고, 입을 맞추고 싶다거나……."

그 뒤에 이어질 말이 무엇인지 알았기에 티엘은 생각에 잠
겼다.

"특별히 그렇지는 않습니다."

"그렇구나. 내가 괜한 걸 물어본 것 같네."

"아닙니다. 저도 제가 정상적인 반응이 아니란 것 정도는
알고 있습니다. 일단 맞선을 보고자 합니다. 만나보고 그녀가
어떤 생각을 가지고 있는지 듣는 것도 나쁘지 않을 것 같군
요."

"그러니?"

아직 많은 부분을 개선해야 하지만 전보다 훨씬 나아진 모습을 보였기에 마리아의 음성이 한결 밝아졌다.

티엘도 가볍게 미소를 지으며 고개를 끄덕여 보였다.

"그럼 준비하도록 하마."

"예."

제7장
카롤리나 체스너

히드로 2세의 명령을 받고 황도로 진군한 레디븐 백작은 칠만의 강병을 이끌고 황도 안으로 들어설 수 있었다.

하나같이 잘 훈련된 그의 군대는 중앙 정계 귀족들을 바짝 긴장시키기에 충분했다. 선두에 선 레디븐 백작은 휘하 가신들을 이끌고 히드로 2세가 있는 대전을 향하여 걸음을 옮겼다.

거대한 문을 지나 안으로 들어선 그는 비운의 황제, 히드로 2세를 발견할 수 있었다.

그의 앞으로 다가간 뒤, 한쪽 무릎을 꿇으며 정중하게 예를 취했다.

"폐하를 뵙습니다."

"어서 와라, 백작. 이곳까지 오느라 수고했다."

"아닙니다. 오히려 그동안 찾아뵙지 못해 죄송할 따름입니다."

"으음!"

간단한 안부 인사였지만 그것 하나만으로 히드로 2세는 가슴이 복받쳐 오르는 것을 느꼈다. 그동안 느낀 괄시와 모욕 등은 가슴 깊숙한 곳에 박혀들어 커다란 멍을 만들어내고 있었다.

"짐의 부탁을 받아들인 것만으로도 만족스럽다."

"제 힘이 닿는 한 폐하께 무례를 범한 모든 이들을 벌하도록 하겠습니다. 신을 믿어 제국을 부흥시키소서."

'하브리스 공작의 말이 맞을지도.'

그가 말한 레디븐 백작은 충성심이 있고, 뛰어난 능력을 지닌 인물이다.

현재 자신의 사람이 부족한 히드로 2세 입장에서 그의 능력은 반드시 필요한 것이었다. 힘을 실어준다면 그는 기꺼이 중앙 정계 귀족들과 맞서리라.

"앞으로 백작을 믿도록 하겠다. 많은 일을 맡기게 될 것이다."

"최선을 다하겠습니다."

"먼 길을 왔으니 쉬도록. 작은 보답으로 편히 쉴 수 있는 저택을 준비해 뒀다."

"예! 그럼 내일 뵙겠습니다."

히드로 2세의 호의를 느낀 레디븐 백작은 희미하게 미소를 지으며 고개를 숙인 뒤 자리에서 물러났다.

"어떻습니까?"

첫 인상이 궁금했던 그는 곁에 서 있는 하브리스 공작에게 넌지시 물었다.

"예상한 만큼 뛰어난 인물인 것 같습니다. 적어도 리그디스 공작처럼 위선을 떠는 인물이 아닌 것 같아 다행입니다."

"그렇습니까?"

"폐하께서는 어떤 느낌을 받으셨는지?"

"짐 또한 비슷합니다. 아주 뛰어난 인물 같더군요. 저런 인물이 왜 여태까지 두각을 드러내지 않고 침묵을 지켰던 것인지……."

"그것이 오히려 더 위험한 요소일 수 있으니 결코 방심하지 마시옵소서."

뛰어난 능력을 외부에 드러내는 것보다 더 어려운 것이 숨기고 그것을 발전시키는 것이었다. 그런 의미에서 레디븐 백작 또한 보통 인물이 아니었다.

"알겠습니다. 주의하도록 하지요. 하지만 예감이 좋아요. 제국을 걱정하는 진정한 충신을 보게 된 것 같군요."

"예."

자신의 말을 한 귀로 듣고 한 귀로 흘리는 행동에 하브리스 공작은 걱정이 앞섰지만 더 듣지 않을 듯한 태도를 보고는 말하는 것을 그만두었다.

여기에서 더 말을 한다 한들 손해를 보는 것은 자신뿐이었다.

'부디 그가 제국의 안위를 위하는 충신이었으면 좋겠군.'

그것 하나만은 간절히 바라고 있었다.

로운 백작가는 더 이상 티엘의 개입이 없어도 알아서 잘 운영이 되었다. 가끔씩 경각심을 느끼게 하고자 모습을 드러내는 경우가 있지만 대부분의 일은 가신들의 선에서 처리가 되었다.

그 부분에서 때때로 시행착오를 겪었고, 티엘은 오류를 수정하면서 마리아가 준비할 맞선 준비를 해나가고 있었다.

"실비아."

"네, 오라버니."

"굳이 이렇게 해야 할 이유가 있는 것이냐?"

"그야 당연하죠. 여태까지 맞선에서 실패한 이유가 뭐라고 생각하세요?"

"내 생각에는 별문제가 없지만 넌 상대방을 대하는 태도에 문제가 있다고 했지."

실행으로 옮기지 않아도 정확하게 기억하고 있자 실비아의 표정이 밝아졌다.

"맞아요. 그 부분에 대해서 숱하게 말을 했지만 솔직히 오라버니는 제대로 이해하고 계신 것 같지는 않았어요. 제 말이 틀린가요?"

"네 말이 맞다. 이해가 되지 않으니 그 말을 받아들이지 못했지."

"끙! 그건 좋지 않네요. 어쨌든 어머니가 힘들게 준비한 맞선인 만큼 잘하셨으면 좋겠어요. 그나저나 상대가 제국 사대 미녀라니, 정말 여자 복 하나만큼은 많으신 것 같아요."

"이번에는 잘해서 결혼을 하도록 할 생각이다. 어머니도 그렇고 가신들도 튼튼한 후계자를 원하고 있는 듯하니……."

"…설마하니 상대에게 그런 말 하는 실수를 범하지 마세요. 그런 말을 하면 맞선은 바로 실패니까. 아셨죠?"

"알았다."

크레티아에게 한 번 그런 말을 했다가 톡톡히 당한 적이 있는 만큼 여자에게 해야 할 말과 하지 말아야 할 말 정도는 구분하고 있었다.

"옷도 좀 잘 차려입고요. 이번에는 제가 코치를 할 테니 잘 좀 해보세요. 불편하다고 물리치지 말고요. 알았죠?"

"알았다."

실비아의 말대로 따르면 불편한 것투성이였지만 빤히 바라보며 물어보니 티엘로서는 그것을 매몰차게 거절할 수 없었다.

그렇게 그녀에게 맞선에서 주의해야 할 부분에 대해 한동안 이런저런 이야기를 듣던 그는 정보부에서 가지고 온 정보를 보고 묘한 표정을 지었다.

"아스트롱 공작령의 상황이 좋지 않다고?"

북으로 라이오너 후작가, 남으로 위클린 공작가의 압박을 받고 있던 아스트롱 공작가는 안팎으로 위태로운 상황에 처해 있었다.

현재 가문 내에서는 친라이오너 후작파와 친위클린 공작파로 갈라져 있었는데, 둘 모두 어느 한쪽과 친교를 맺으려고 해서 문제가 발생했다.

그러던 중 라이오너 후작가가 먼저 군을 움직이면서 아스트롱 공작가와 충돌을 야기한 것이다.

아직 큰 문제로 번지지 않았지만 한 지방의 패자인 두 가문의 충돌 여파는 결코 작지 않을 것임이 분명했다.

"윈스터 후작가의 북부 지방 통일에 자극을 받은 것 같다라……."

윈스터 후작가와 영토를 맞대고 있는 만큼 라이오너 후작가 입장에서는 강대한 힘을 지닌 그들의 존재가 부담감으로 다가오게 되었다는 관측이었다.

이는 남부의 위클린 공작가에도 자극을 주었고, 군을 움직일 기미가 보인다는 말이 전해졌다.

평소라면 크게 신경 쓰지 않을 문제였지만 아스트롱 공작가는 크레티아의 가문이었다.

자신을 좋아한다고 적극적으로 달려드는 여인의 가문인 만큼 쉬이 넘어갈 수 없는 문제였다.

"복잡하군."

예전이라면 두 번 다시 고려할 필요가 없다고 생각하여 깔끔하게 뒤로 넘겼을 문제였지만 오늘은 왠지 달랐다.

고민은 깊어만 갔고, 바로 저버리기에는 여러 가지가 마음에 걸렸다.

"주군!"

"무슨 일이지?"

상념에 빠져 있을 무렵 집무실 안으로 들어선 것은 토릭슨이었다.

예를 취한 그는 티엘이 말하지 않았음에도 맞은편에 자리하고는 조용히 입을 열었다.

"한 가지 여쭙고 싶은 것이 있어 찾아뵙게 되었습니다."

"스스로 판단하고 행동할 수 있는 권리를 주었던 걸로 기억하는데?"

"예, 하지만 주군의 의견을 수렴하는 것이 좋을 것 같아 찾아왔습니다."

"말하도록."

"예, 주군도 접하셨을지 모르지만 아스트롱 공작가에 관련된 소식입니다."

갓 들어온 정보를 그도 접한 것을 보면 정보부의 일처리가 제대로 이루어지고 있다는 것을 의미했다. 안 그래도 그것 때문에 고민하고 있었던 티엘은 토릭슨의 행동을 넘어가 주었다.

"흠, 말하도록."

"저번에 주군이 제게 데이트 코스를 말씀하신 것이 떠올랐습니다. 현재 가문은 군을 움직여서 아이주 지방을 점령하고자 합니다. 하지만 아스트롱 공작가가 위태롭다면 이야기는 달라집니다. 이에 대해 주군의 확실한 재가가 필요합니다."

여전히 뚜렷한 가문이 등장하지 않은 아이주 지방은 무주공산과 다를 바 없는 곳이었다.

한때 헤셀 백작가가 그곳을 넘보았지만 티엘이 절대강자의 위치에 오르면서 자연히 아이주 지방을 뒷번호로 밀어놓아 누구도 주의를 기울이지 않는 곳이 되었다.

토릭슨은 오래전부터 아이주 지방을 통합하여 헤인조 지방에서 아이주 지방까지 이어지는 대 헤셀 백작가 수상 봉쇄 작전을 주장했다.

그것을 펼치기 위해 아이주 지방으로 군을 파견하는 계획을 수립, 승인 직전에 있었다.

"아이주 지방으로 군을 파견하는 재가가 필요한 것인가?"

"예, 그렇습니다. 다만 그 수위의 차이가 있습니다. 첫 번째는 삼만의 선발대를 파견하여 아이주 지방의 전반적인 치안을 확립하며 서서히 통합을 하는 것입니다. 두 번째는 오만의 군을 파견, 아이주 지방의 군소 영주들을 끌어모아 아이주 지방의 주인으로 인정을 받는 방안입니다."

"현재 유력한 방안은?"

"두 번째입니다. 하지만 아스트롱 공작가가 위기에 처했다는 소식을 듣고 첫 번째 계획을 수립하게 되었습니다. 그래서 주군에게 승인을 받고자 합니다."

"……"

티엘은 생각에 빠져들었다.

불과 얼마 전이었다면 토릭슨의 뜻대로 하라며 신경을 끊었을 것이다. 하지만 그도 자신의 변화를 알아차릴 만큼 아스트롱 공작가의 안 좋은 상황은 여러 가지 방향으로 영향을 끼치고 있었다.

"삼만의 군을 파견하도록."

"알겠습니다."

"다른 사안은 없나?"

"없습니다. 모든 것이 순조로우니, 걱정하지 않으셔도 됩니다. 아! 아스트롱 공작가에 관련된 사안은 지속적으로 관찰을 하고 있습니다. 만약의 상황까지 고려하여 계획을 세우고 주군에게 보고를 드리겠습니다."

"그렇게 하도록."

"그럼 이만."

고개를 깊게 숙인 토릭슨이 자리에서 물러났다. 그 모습을 쫓던 티엘은 한 번 정해놓은 철칙을 어긴 자신을 발견하고는 쓴웃음을 지었다.

"나도 어쩔 수 없는 인간이로군."

맞선 날짜가 되자 티엘은 실비아의 코디에 따라 깔끔한 복장을 하고 저택의 식당으로 향했다.

때때로 그녀는 알지 못할 예의를 운운하면서 티엘에게 여성을 에스코트하라고 했는데, 거기까지 전혀 아는 바가 없었기에 식당에서 상대를 기다리는 것으로 예를 대신하게 되었다.

갖가지 음식이 차려진 탁자 앞에 앉아 기다리고 있으니, 잠시 후 문이 열리면서 한 여인이 모습을 드러냈다.

"흠."

그녀를 발견한 티엘의 입에서 작은 소리가 흘러나왔다. 제국 사대 미녀라는 위명답게 여인의 미모가 보통이 아니란 걸 알아차린 것이다.

탐스러운 붉은 머리는 정열의 상징처럼 강렬한 느낌을 물씬 풍겨주었고, 그와 대비되는 새하얀 피부와 작은 얼굴 속에 오밀조밀 자리 잡은 이목구비는 신의 작품이라고 해도 과언이 아닐 만큼 아름다웠다.

그녀가 바로 체스너 상단의 후계자이자 재녀로 알려진 카롤리나임을 알아차렸다.

노출 하나 없는 붉은 드레스를 입었지만 그녀의 존재감 하나만으로 도발적이고 강렬한 느낌을 가져다주었다.

또각또각하는 발걸음 소리와 함께 티엘이 앉아 있는 상 맞은편에 선 그녀가 예를 취했다.

"카롤리나 체스너라고 합니다. 위명이 자자한 로운 백작 각하를 뵙게 되어 영광입니다."

"티엘 로운이다. 이렇게 맞선 자리에서 만나게 되어 반갑군."

"저도요. 로운 백작 각하의 위명을 귀가 따갑도록 들었기에 어떤 분인지 정말 궁금했거든요."

눈을 반짝이면서 솔직한 속내를 드러내는 모습은 크레티아의 당돌함과 비슷했다.

피식 웃은 티엘은 그녀 옆에 위치한 의자를 가리켰다.

"앉도록 하지."

그그극.

가볍게 손가락을 까딱하니, 한 줄기 미풍이 불어오며 의자가 뒤로 밀려나 그녀가 앉을 공간이 마련되었다.

"정말 대단한데요? 이것도 검술의 일종인가요?"

"그런 셈이지. 그런데 궁금한 것은 참지 못하는 성격인가 보군."

당돌하고 궁금한 것에 즉시 물어보는 모습을 보였다. 카롤리나는 그 부분에 대해 부인하지 않고 고개를 끄덕여 보였다.

"후후, 그렇게 보이셨나요? 상단에서 일을 하다 보니 모든 것이 명확해야 좋더군요. 그래서 궁금한 게 있으면 궁금증이 풀릴 때까지 묻곤 해요. 불편하셨다면 죄송해요."

"딱히 불편한 것은 아니다."

"그렇다면 다행이에요. 저도 백작 각하가 생각했던 것보다 편해서 놀랐어요."

"내가 불편한 사람이라 소문이라도 났나 보군."

티엘이 본격적으로 이름을 알리기 전, 맞선을 보다가 상대에게 죄다 퇴짜를 맞은 것이 한때 사교계를 들썩거리게 만들었다. 카롤리나는 그 소문을 떠올렸는지 입가에 미소를 지으며 고개를 끄덕였다.

"솔직히 말씀드리면 그렇죠. 백작 각하가 그동안 맞선에서 보여주신 모습들이 있다 보니. 그런데 그 소문들이 정말 사실인가요?"

"어떤 소문 말하는 거지?"

"정말 파트너에게 적들을 도륙한 이야기라든지, 적들이 시체를 뜯어먹었다거나 하는 이야기를 했다는 소문이요.."

"모두 사실이군."

"그때는 정말 한 점 다른 감정 없이 말씀하셨던 건가요?"

"궁금하다고 하기에 솔직하게 말해줬을 뿐, 오히려 질색하기에 이상했지."

알 만한 말에 카롤리나는 미소를 지으며 고개를 끄덕여 보였다.

"그럴 수밖에요. 대부분의 귀족 영애들은 온갖 고상 떠는 방법을 배웠기에 그런 이야기를 견뎌낼 만큼 비위가 좋지 못하거든요."

"그쪽은 그런 이야기가 아무렇지도 않은 것 같은데."

"정확하신데요? 사실 전쟁에서 그런 일이 흔하게 벌어지는 건 알고 있죠. 물론 그것을 눈으로 보는 건 절대 좋게 여기지는 않지만요."

"역시 상인이란 건가."

"상인을 좋지 않게 보시나요?"

"나의 배를 부르게 만들어주는 이들인데 싫어할 이유는 없
겠지."

"호홋! 백작 각하는 정말 독특하신 것 같아요. 하긴, 정말
그렇게 생각할 수도 있는 문제네요. 저희 상인들이 열심히 일
을 할수록 부자가 되지만, 귀족들도 부자가 되는 건 맞으니."

"상가 출신이라 그런가? 귀족이라는 느낌보다 상인의 느낌
이 더 강하게 나더군."

"네, 아버님은 절 너무 사랑하셨거든요. 그래서 상단도 제
가 이어주길 바라서서 어린 시절에 제게 상인으로서 갖춰야
할 덕목에 대해 많은 교육을 받았어요. 덕분에 귀족보다 상인
에 더 어울리는 사람이 되어버렸죠."

사소한 이야기를 꺼내 들며 둘은 부담감을 갖지 않고 이런
저런 대화를 나누었다.

대부분 상인이 겪는 일들이었는데, 조용히 듣고 있으면 그
녀가 어린 나이임에도 상인으로서 경험이 풍부하다는 것을
알 수 있었다.

"그래서, 그런 상인이 본가의 맞선 제안에 응했다는 것은
나란 인물에게 투자를 해보겠다는 뜻인가?"

"저보다 더 직설적이시네요. 네, 맞아요. 제 아버님, 체스너 자작님은 제 어머님인 아내를 너무 사랑하셨기에 그분을 잃고 난 뒤 후계를 얻을 생각을 아예 하지 않고 계세요. 하지만 가문을 이어 나가야 하는 입장에서 엄한 사윗감은 사양하시는 입장이거든요. 다행히 제가 좀 아름답고 상재가 뛰어나지 않겠어요? 그러니 사윗감도 뛰어난 사윗감으로 구할 수 있지 않을까 하는 마음이 있었는데 때마침 로운 백작가의 안주인으로부터 이런 제안을 받게 된 것이죠. 말씀하신 것처럼 백작 각하께 투자를 해보려고 해요. 그리고 그 투자금은 저인데, 이 정도면 괜찮지 않나요?"

찡긋 윙크를 하면서 도발적으로 바라보는 시선에 티엘은 피식 웃음을 지었다.

"긍정의 웃음이죠?"

"그렇게 보였나."

"뭐 눈에는 뭐밖에 안 보이는 법이니까요. 다른 귀족 영애들은 백작 각하와 대화가 맞지 않아 제 주제도 모르고 퇴짜를 놓았지만 저는 다르거든요. 아주 느낌이 좋아요."

"맞선이 성공적이란 말처럼 들리는군."

"네, 전 백작 각하께서 어떤 남자인지 어느 정도 감이 잡혔거든요."

수많은 사람을 상대하는 직업이 상인이었다. 어떻게 하면 가장 큰 이득을 낼 수 있는 여부는 상품의 상태를 상세하게 파악하고, 가장 비싸게 팔아먹을 수 있는 상황을 조성하는 것이다.

어린 시절부터 이러한 환경에서 자라온 카롤리나의 눈에 티엘이라는 상품이 어떤 상태인지 모든 것을 꿰뚫어 보고 있었다.

"궁금하군. 나도 내가 어떤 사람인지 잘 모르고 있는데 말이지."

"그런가요? 그럼 기념으로 간략하게 말씀드릴게요. 백작 각하는 의도적으로 자기 자신의 상태를 그렇게 흩뜨려놓는 거라고 생각해요."

"의도적이라……."

"그 이유가 무엇인지는 저도 몰라요. 단지 본질만 보고 말할 뿐. 백작 각하는 아마 자기 자신의 모습을 싫어하는 것일지도 모르겠네요. 누구도 알지 못하는 자기만의 모습이 있다거나."

"흠, 어려운 말이로군. 처음부터 순순히 말할 생각이 없어 보였어."

"후후, 눈치채셨나요? 다음이 궁금하시면 물건을 사야겠죠?"

입꼬리를 말아 올린 채 눈을 찡긋하는 모습은 사뭇 도발적이었다.

"확실히 물건을 살 수밖에 없는 능력을 지니고 있군. 내가 소비자라면 다음 이야기가 궁금해서라도 물건을 구매해야겠지."

"꼭 그렇지만은 않지만요."

"하지만 착각하는 것이 있군."

티엘의 말에 카롤리나가 멈칫했다. 그의 말에서 기이한 위화감이 느껴졌던 것이다. 고개를 갸웃한 그녀는 그가 말하는 바가 무엇인지 알아차리지 못하고 의문을 드러냈다.

"뭐죠?"

"제국 사대 미녀라는 네가 훌륭한 투자금이라는 것은 사실이지. 하지만 내가 제국 사대 미녀라는 것에 메리트를 느끼기에는 부족함이 있지 않나?"

"그, 그건……."

"이 저택에 제국 사대 미녀라 불리는 여인들이 두 명이나 있는 걸 알고 있겠지?"

"……."

이른 바 희소가치 문제였다.

제국의 귀족 청년이라면 제국 사대 미녀라는 사실 하나만으로도 가슴이 뛸 만한 사안이지만 티엘에게 있어 그 부분은 그리 중요하지 않았다.

그러니 제 스스로를 투자금이라고 말하더라도 티엘에게 있어 큰 메리트로 다가오지 못했다.

카롤리나가 한숨을 푹 내쉬었다.

"후! 혹시나 했는데, 역시 짚어내시는군요."

"이제 나를 설득할 차례로군. 절대강자라는 허울을 뒤집어 쓴 날 사위로 맞아들이면 체스너 상단 입장에서 많은 이득을 취하겠지. 그럼 나는? 제국 사대 미녀라는 위명은 내게 큰 감흥을 주지 못하지."

"그냥 제가 사랑스러워서 사소한 문제는 넘어가주는 그런 전개는 없는 건가요?"

"퍽이나 귀엽군."

"칫!"

미인계가 실패로 돌아간 것을 느낀 카롤리나는 입술을 삐죽였다. 처음부터 성공할 리 없다는 걸 알고 있었지만 매몰차도 너무 매몰찼다.

"자, 이제 설명하도록."

"지금 생각하고 있어요. 시간을 주세요."

"그러지."

티엘은 지금 티격태격하면서 대화를 나누는 것이 제법 즐거웠다.

카롤리나는 톡톡 튀는 매력을 지닌 여인이었다. 어린 시절부터 상인으로 자라와서인지 몰라도 계산적이면서 한편으로는 상대의 감정을 파고들 줄 아는 상술의 소유자였다. 세상을 마냥 아름답게 보지 않는 적당한 계산이 오히려 그를 즐겁게 만들었다.

"시간 오버로군."

"이런, 그럼 백작 각하께서 원하시는 조건을 말씀해 주시는 건 어떠세요? 제가 그 조건을 충족시킬 수 있을지 모르잖아요."

다급한 그녀의 태도에서 주도권이 온전히 티엘에게 넘어왔음을 알 수 있었다. 입가에 미소를 지은 그는 퀴즈를 냈다.

"일단 내가 맞선을 보는 이유가 무엇인지 알고 있나?"

"그야 혼인 적령기가 지나서 그런 것 아닌가요?"

"그럼 왜 지났다고 생각하지?"

"아직 짝을 찾지 못해서? 응? 하지만 저택에 제국 사대 미녀가 둘이나 있는데. 설마 여자가 아니라 남자를 좋아하시는 건가요? 그걸 보다 못한 안주인께서 맞선을 주도하셨고……."

"맞선을 파토내고 싶나 보군."

"아니, 아니에요! 제가 실수했어요!"

생각이 꼬리에 꼬리를 물고 이어지다가 저도 모르게 도달한 결론을 언급한 그녀는 파토라는 단어에 양손을 휘휘 저으면서 부정했다.

그가 낸 퀴즈도 풀어내지 못하자, 양어깨가 비 맞은 새처럼 축 늘어졌다.

"그럼 뭐죠? 전혀 짐작이 가지 않는데."

"튼튼한 후계자를 낳기 위해서."

"……"

흠칫 몸을 떤 그녀는 저도 모르게 자신의 몸을 보다가 하얗게 질린 얼굴로 티엘에게 시선을 두었다.

"주변에서 자꾸 후계자를 두라고 극성이니."

"그, 그렇군요. 그랬던 거였어요."

"그리고 넌 튼튼한 후계자를 낳을 수 있을 것 같군."

"……"

제아무리 상계에서 뼈가 굵은 카롤리나였지만 노골적이고 원색적인 그 말을 견뎌내지 못하곤 얼굴이 하얗게 질려 버렸다.

두 사람이 즐거운 맞선을 보고 있을 무렵, 로웰린과 크레티아는 같은 방에서 차를 들며 같은 시간 다른 장소에서 열리고 있을 맞선에 대한 이야기를 나누고 있었다.

"지금쯤 맞선을 보고 있겠죠?"

"응, 그렇겠지."

"하아, 하필이면 그 여우라니. 백작님이어서 걱정은 하지 않지만 그 여우도 보통내기가 아닌데."

"카롤리나 양을 알아?"

"알다마다요. 돈이 되는 곳이면 어디든 달려가는 교활한 여우라니까요. 어찌나 협상을 잘하는지, 자기 미모를 적절하게 이용하는 상술이어서 알고도 넘어가 버리는 경우가 많아요. 저더러 미모를 이용하니 뭐니 하는 말이 있지만 그런 말은 카롤리나에 비하면 아무것도 아니죠."

처음부터 능력을 입증하고 그다음 미모로 명성을 떨쳤기에 카롤리나에게는 미모를 이용한다는 불명예스러운 수식어가 붙지 않은 것이다.

"맞선이 잘되어야 하겠지만 솔직히 마음이 복잡해."

"안 되길 바라야죠. 카롤리나와 잘된다는 것은 언니나 제게 있어서도 모욕적인 상황이에요. 그나저나 언니는 어떠셨어요?"

"응?"

"백작님하고 데이트요. 저보다 먼저 알콩달콩 데이트를 해 놓고 티도 내지 않고."

"미안, 크레티아도 즐거운 데이트였단 소문이 자자하던걸?"

짓궂은 웃음이 담긴 말에 크레티아는 당시 있었던 일을 떠올리며 얼굴을 붉혔다.

"윽, 그런 말씀 말아요. 그때 기억만 떠올리면 부끄러우니까."

"후후, 그렇지?"

"그나저나 언니도 말을 돌리는 거 보니 뭔가 수상해! 혹시 그날 뭔가 진전이 있거나 그런 건 아니죠?"

문득 질문했던 자신이 대답을 하고 있단 걸 떠올린 크레티아가 묻자, 로웰린은 그날 있었던 적극적인 입맞춤을 떠올리고는 얼굴을 붉혔다.

"지, 진전이라니."

"있었구나! 있었어!"

"그, 그러는 크레티아도 그걸 물어보는 걸 뭐니 뭔가 있었던 거 아니니?"

화제를 돌리기 위해 역으로 질문을 던졌지만 그녀는 뻔뻔한 얼굴로 자신이 뭘 잘못했냐는 듯 어깨를 쭉 펴며 되물었다.

"나요? 있었는데요? 그래서요?"

"뭐, 뭐?"

"언니도 진전이 있었다면서요. 나만 용기를 낸 줄 알았는데 언니가 한 발자국 앞서 나갔을 줄이야. 칫! 이럴 줄 알았으면 좀 더 진도를 빼는 건데."

분해하며 두 주먹을 움켜쥐고 있는 크레티아를 보며 로웰린은 입가에 미소를 지었다.

한 남자를 두고 두 여인이 경쟁을 하고 있는 상황이었지만 결코 기분이 나쁘지 않았다.

이 감정을 뭐라고 표현을 해야 할까.

말로 표현하기 힘든 그 느낌에 사로잡혀 있을 무렵, 노크 소리와 함께 한 남자가 안으로 들어서더니 예를 취해 보였다. 그리고 크레티아를 향해 고개를 돌렸다.

"크레티아 공녀님."

"네?"

"전해 드릴 사실이 있습니다, 잠시 자리를 옮길 수 있겠습니까?"

심상치 않은 느낌이 물씬 풍기자 화기애애하던 방 안의 분위기가 싸늘하게 식어버렸다. 눈치를 살피던 로웰린이 조심스럽게 자리에서 일어났다.

"내가 비킬게. 이야기 나눠."

"언니가 들어서는 안 되는 이야기인가요?"

"듣는 사람이 적을수록 좋은 정보입니다."

"그럼 여기에서 이야기해 주세요. 로웰린 언니가 다른 곳에 이야기를 흘릴 거라 생각하지 않으니까."

"크레티아……."

로웰린은 자신을 믿는다는 크레티아의 말에 가슴속에서 뭉클한 감정이 피어나는 걸 느꼈다.

　　"언니를 믿으니까 그런 거예요."

　　"응."

　　"그럼 말해주세요."

　　"예, 알겠습니다. 실은……."

　　로운 백작가 정보부 소속의 정보원은 방금 전 급보로 전해진 소식을 크레티아에게 전달하기 시작했다.

　　후계자란 단어는 모든 여인을 얼어붙게 만들기 충분했다. 크레티아도 그 말을 듣고 한동안 아무런 말을 하지 못했는데 카롤리나 또한 마찬가지였다. 티엘은 자신이 괜한 말을 했단 걸 깨닫고 중얼거렸다.

　　"역시 이 말은 하지 말 걸 그랬군."

　　"아, 아니에요. 갑작스러워서 그랬어요. 전혀 예상치 못한 말을 들으면 당혹스럽고 그렇잖아요."

　　"그렇다니 다행이로군."

　　노골적이고 원색적인 표현의 말이었지만 곰곰이 생각을 해보니 티엘이 말을 할 때 그런 뉘앙스는 전혀 느껴지지 않았다.

　　"그럼 백작 각하께서는 후계자에 대해 별다른 생각이 없으신 건가요?"

"내 나이가 이제 이십대 중반인데 벌써부터 후계를 대비하
는 것이 이상하게 여겨지더군."

"그야 가문의 존속을 위해서죠."

"절대강자라 평가받는 내가 갑자기 죽을 수 있다는 건가?"

"그, 그건 또 그러네요."

대륙에서 단 아홉 명뿐인 절대강자의 반열에 올라선 티엘
이 급사를 한다거나 그런 일이 벌어질 리가 없었다. 하지만
유서 깊은 명문 가문일수록 그러한 문제에 착실히 대비한다
는 점을 볼 때 결코 틀린 것도 아니었다.

"어쨌든 그 부분에 대해서 신경을 쓰지 말도록."

"네, 그럴게요. 백작 각하에게서 그런 의도도 느껴지지 않
았는걸요."

"그렇다니 다행이군."

여태까지 맞선을 봤던 여인들보다 카롤리나는 한결 유연
한 사고를 지니고 있었다. 그것은 티엘의 마음을 편안하게 만
들어주기에 부족함이 없었다.

"물론 제가 백작 각하의 여인이 된다면 튼튼한 후계자는
얼마든지 낳아드릴 수 있어요."

"그것만으로도 충분한 역할을 하는 것이다."

"오늘 이 자리는 제게 있어 커다란 모험이었어요. 하지만

제 선택이 틀리지 않았다는 것이 굉장히 흡족해요. 세상 사람들이 백작 각하에 대해서 얼마나 많은 오해를 품고 있는지 알게 되었거든요. 백작 각하는 저를 어떻게 생각하세요?"

"나쁘지 않았다. 아니, 내가 본 여자들 중 가장 말이 잘 통하는군. 심지어 내 여동생보다도."

늘 자신에게 잔소리를 하는 실비아를 떠올린 티엘의 눈살은 저도 모르는 사이 찌푸려져 있었다.

그 모습에 카롤리나는 입가를 비집고 흘러나오는 웃음을 참지 못했다.

"후후, 남매 사이가 좋다고 하는 소문이 사실인가 봐요."

"일방적으로 잔소리를 하는 걸 받아주는 게 좋은 거였나? 새로운 사실이로군."

"그게 좋은 거죠. 다른 가문에서는 서로 죽이지 못해 안달인 경우도 있는데. 백작 각하께서는 의외로 다정다감한 구석이 있는 것 같아요."

다정이라니.

만약 그 단어를 들었다면 실비아가 어떻게 날뛰었을지 눈에 훤했다.

"오늘 태어나서 처음 듣는 말이 많군."

스스로도 다정하다는 것과 거리가 멀다는 것을 알고 있었기에 티엘은 어색한 표정을 지으면서 고개를 절레절레 저었다.

"후후, 그럼 이제 백작 각하께 물어봐도 될까요?"

"뭘 물어볼 생각이지?"

"오늘 맞선이 즐거웠다고 해주셔서 감사해요. 하지만 맞선이란 것이 교제를 전제로 하는 만큼 저는 백작 각하께서 저를 어떻게 생각하고 계신지 솔직히 궁금해요. 저를 부인으로 맞이하는 것에 대해 어떻게 생각하시나요?"

"……."

단도직입적인 그녀의 물음에 티엘이 입을 다물고 빤히 바라보았다.

단 하루, 짧은 시간이었지만 그녀와의 만남은 만족스러웠다.

그리고 부인으로 삼아도 나쁘지 않을 만큼 훈훈한 분위기 속에서 여러 가지 대화를 나눌 수 있었다.

하지만 막상 지금 상황이 된다면?

그 부분에 대해서는 섣불리 확신을 할 수 없었다.

하지만 그녀는 답을 바라고 있고, 티엘 또한 짧은 시간이지만 답을 내릴 만한 능력을 지니고 있었다.

"나는……."

막 입을 열려던 순간, 티엘이 멈칫하더니 더 말을 하는 것을 멈추었다.

"백작 각하?"

의아한 마음에 카롤리나가 물으니, 티엘이 만찬장 입구 쪽에 시선을 고정했다.

"손님이 왔군."

"백작님!"

여인의 목소리와 함께 입구에서 사색을 한 여인이 모습을 드러냈다. 저택에 있어야 할 크레티아가 만찬장에 나타난 것이다.

카롤리나는 그녀와 안면이 있었기에 순간 무슨 의도로 이곳을 찾은 건지 머리를 굴려 계산을 시작했다.

'설마 의도적으로?'

티엘이 막 결정을 내리려던 순간이었다.

모든 상황이 좋게 흘러갔기에 좋은 대답을 기대해도 좋을 순간이었는데 공교롭게도 크레티아의 등장이 모든 것을 망쳐놓은 것이다.

자연히 그녀의 눈이 날카로워졌지만 그것이 겉으로 드러나지는 않았다.

그사이 만찬장을 가로지른 크레티아가 티엘 앞에 도착했다.

"무슨 일이지?"

"그러니까, 그러니까……"

쉬이 말을 잇지 못하는 그녀.

이곳까지 무슨 의도로 찾아온 것인지 알지 못했기에 티엘이나 카롤리나는 의아함이 담긴 시선으로 그녀를 바라보고 있었다.

털썩!

"제발 가문을 도와주세요."

힘없이 허물어진 그녀는 간절함이 담긴 어조로 티엘에게 매달렸다.

제8장
아스트롱 공작가로

자리에서 허물어져 오열하는 그녀의 모습을 보면서 심상치 않은 느낌을 받은 티엘의 표정은 굳어 있었다.

오늘 맞선 전까지만 해도 아스트롱 공작가는 일촉즉발의 상황에 놓였을 뿐, 별다른 사건이 벌어지지 않은 상태였다. 그래서 토릭슨에게 아이주 지방 점령을 승낙했고, 일말의 여지를 남겨놓았던 것이다.

"자세히 말하도록."

"흑! 위클린, 위클린 공작가에서 침공을 해왔대요. 그리고 아버지와 오라버니가 방어를 위해 나섰다가 심각한 부상을……."

"위클린 공작가가?"

예상대로 오전에 접하지 않은 형태의 정보들이었다.

위클린 공작가는 먼저 진입한 라이오너 후작가의 뒤를 따랐다고 했을 뿐, 아스트롱 공작가와 충돌했다는 정보는 어디에도 없었다.

"일단 일어나라."

"네, 네. 죄송해요. 정말 죄송해요."

울먹이면서 몸을 추스르려는 크레티아였지만 티엘 앞에 도착하면서 긴장이 풀려 버린 터라 몸을 제대로 가누지 못했다. 당장에라도 쓰러질 것처럼 비틀거리는 그녀를 부축한 것은 카롤리나였다.

"자기 몸도 제대로 가누지 못하면 어떻게 하자는 거야."

"캐롤……."

"이야기를 자세히 듣고 싶어. 아스트롱 공작가가 침공 당했다는 건 우리 상단에게 있어서도 가볍게 들을 수 있는 사안이 아니니까."

"으응."

카롤리나의 도움으로 자리에 앉은 크레티아는 정보원이 가지고 온 정보에 대해서 자세히 설명하기 시작했다.

라이오너 후작가의 진입에 자극을 받은 위클린 공작가가

대대적으로 아스트롱 공작가를 향해 진군, 선제공격을 감행했다는 내용이었다.

아스트롱 공작가에서는 적극적인 방어 차원에서 공작 본인이 직접 나섰지만 첫 전투에서 패배, 심각한 부상을 입고 본성으로 후퇴를 해야 했다.

"양측에서 밀고 내려와 언제까지 버틸 수 있을지 알 수가 없대요. 어떻게 하죠? 백작님, 제발 우리 가문을 도와주시면 안 되나요?"

물기 섞인 크레티아의 목소리는 남자의 마음을 뒤흔들고 남음이었다.

"……."

하지만 그는 아무런 대답도 하지 않은 채 침묵을 지켰다.

그럴수록 크레티아가 느끼는 초조함은 커져만 가고 있었다.

눈앞의 무심한 절대강자는 절대 남의 눈물로 움직이는 호락호락한 남자가 아니었다.

"한 가지만 물어보지."

"네, 얼마든지요."

"데이트 당시 내게 입맞춤을 한 것은 어떤 의미였지?"

그의 물음은 얼마 전 했던 데이트로 거슬러 올라간 것이었다.

예상치 못한 질문에 멈칫한 크레티아였지만 이내 그때 그 순간을 떠올리고는 마음속으로 했던 결심을 털어놓았다.

"…절대 놓치지 않겠다는 제 의지, 그리고 백작님을 제 남자로 만들겠다는 다짐이었어요."

"그렇군. 내가 이곳에 방문한 네게 했던 말이 있지. 튼튼한 후계자를 낳을 수 있겠다는 말, 기억하나?"

"네……."

"그 순간 계약은 성립한 것이다. 아스트롱 공작가로 향하겠다. 그리고 분란을 일으키는 모든 원인을 정리해 주도록 하지."

"백작님."

말 한마디로 이토록 강한 신뢰를 느낄 수 있게 만드는 남자는 어디에도 없었다.

"알았으면 이만 돌아가도록. 맞선 자리는 아직 끝나지 않았다."

"죄, 죄송해요. 너무 급하나 나머지 그만 실례를 했어요. 미안해, 캐롤. 내가 자리를 방해하고 말았어. 사과할게."

"아니야, 가문이 위급하다면 충분히 그럴 수 있다고 생각하는 걸. 난 괜찮으니 가서 마음을 추스르도록 해. 맞선이 끝나면 찾아갈게."

"응, 고마워."

감사한 마음을 담에 고개를 꾸벅 숙여 보인 크레티아가 만 찬장을 벗어났다.

"실례를 했군."

"아니에요, 저도 크레티아 입장이었다면 그럴 수밖에 없단 걸 알고 있으니까. 그나저나 그녀와 그렇게 깊은 사이인 줄 몰랐어요."

"깊은 사이라고 할 만한 일을 저지른 적은 없는데."

"입맞춤을 할 정도라면 꽤 깊은 사이가 아니었던가요?"

둘의 대화를 들으면서 입맞춤까지 했단 말을 들은 카롤리 나는 적잖은 배신감을 느껴야만 했다.

자연히 입에서 흘러나오는 목소리가 고울 리 없었다.

"일방적인 것이었으니 깊고 얕고를 따질 이유가 없겠지. 안 그런가?"

"크레티아가 일방적으로 그랬다고요? 하아!"

말의 아귀가 맞아떨어진 것을 느낀 카롤리나는 한숨을 푹 내쉬었다.

"그럼 아스트롱 공작가를 도울 생각이신가요?"

"날 믿고 여인으로서 치명적인 소문까지 감내했으니 그 정 도 보답은 할 수 있겠지."

"치명적인 소문……."

"나와 혼인하고자 이곳에 눌러앉은 것으로도 그 정도 도리는 한 것 아닌가?"

카롤리나가 고개를 끄덕여 수긍했다. 혼인도 하지 않은 여인이 비슷한 나이대의 귀족 청년 가문에 눌러 앉는다는 것은 절대 지워지지 않는 낙인이 찍힌 것과 같았다.

크레티아 입장에서는 소위 말하는 혼삿길이 막힌 상황을 제 스스로 자초한 것이다.

"틀린 말은 아니네요. 확실히 여인으로서 큰 것을 잃어버린 셈이죠."

"약속한 바가 있으니 직접 나서야겠지. 아무래도 맞선은 여기까지 해야겠군."

"잠깐, 그럼 아까 제 질문은 어떻게 된 거죠?"

카롤리나가 분위기를 환전하면서 방금 전 질문에 대한 답을 요구했다.

입꼬리를 말아 올린 티엘이 가볍게 대꾸했다.

"하루만의 만남으로 결정을 내리기에는 날 바라보는 여인이 둘이나 되더군. 좋은 만남이었지만 그 정도로 끝을 내도록 하지."

"……."

자리에서 일어난 그가 만찬장을 벗어났다. 졸지에 차여 버린 그녀는 멍한 표정을 지은 채 티엘이 사라진 입구를 향해 시선을 고정하고 있었다.

그러다 이내 피식 웃음을 지은 그녀가 자리에 털썩 앉으면서 고개를 저었다.

"아아, 역시 하루만의 만남으로 마음을 빼앗는 것은 불가능한 일이었어."

혼인을 원하는 티엘을 꾈 자신이 있었지만 결과는 실패였다.

그는 다른 남자들고 궤를 달리하는 사고를 지니고 있었으며, 최대한 맞춰 보려고 했지만 시간을 뛰어넘는 것이 불가능했다.

"그나저나 꽤나 로맨티시스트인걸? 자신을 위해 모든 것을 감수한 여인을 위해 나서는 남자라… 정말 멋져."

마지막 보여준 그의 모습은 모든 여인이 꿈꾸던 것이었다.

난세라는 이름 아래 언제까지 성세를 유지할 수 있을지 모르는 위태로운 상인의 입장에서 보면 티엘의 말은 더더욱 매력적이었다.

"한 번 차였다고 쉽게 물러나는 여자라고 생각하지 마요. 내 마음을 빼앗은 이상 절대 물지 않은 웨어 울프에게 걸려든 셈이니까."

카롤리나의 눈이 영악하게 빛났다.

만찬장을 벗어난 티엘은 즉시 군사부로 향했다.

아스트롱 공작가의 변고를 알아차린 세 명의 책사는 이미 자리에 모여서 앞으로의 대책에 대해 토론을 나누고 있었다.

"자세한 설명을 하도록."

"예, 라이오너 후작가의 행동에 자극을 받은 위클린 공작가의 적극적인 움직임이라고 볼 수 있습니다. 현재 전황은 소강상태로 접어들었지만 라이오너 후작가가 대대적인 진군을 함으로써 아스트롱 공작가는 풍전등화의 위기에 처하게 되었습니다."

"이번 상황이 벌어진 이유에 대해서 듣고 싶군."

티엘의 물음에 제이론은 지금 상황이 벌어지고 있는 연유에 대해 설명했다.

"예, 설명하자면 아스트롱 공작가가 강대한 세력을 지닌 양측 세력을 위아래로 접하게 되면서 벌어진 일입니다. 라이오너 후작가와 위클린 공작가 모두 인접한 아스트롱 공작가에 욕심을 내고 있었고, 실제로 군사를 배치하여 기회를 노렸지만 워낙 수성에 집중하고 있어 별다른 수확을 얻지 못하고 있었습니다. 하지만 얼마 전 윈스터 후작가의 북부 지방 통일로 인해 자극을 받은 라이오너 후작가가 대대적인 진군을 펼쳐 아스트롱 공작령으로 진입하게 되었습니다."

"위기감이로군."

"예, 윈스터 후작가의 전력이 급상승하게 되면서 라이오너 후작도 세력 확장에 대한 압박감을 받게 되었습니다. 그는 집요한 공격 끝에 아스트롱 공작가의 방어 전선을 뚫고 진입을 하게 되었습니다. 그 모습에 자극을 받은 위클린 공작가도 군을 대대적으로 진군시킨 것입니다. 두 세력은 서로 아스트롱 공작가를 차지하기 위해 경쟁을 하듯 전투를 벌였고, 결국 직접 나선 아스트롱 공작이 당하게 된 것입니다."

"그럼 아스트롱 공작가가 버틸 수 있는 시간은?"

"최대 보름입니다."

"생각보다 짧군."

명색이 한 지방의 패자인 아스트롱 공작가였다. 철저히 수성에 임하는 그들이 보름밖에 버티지 못한다는 것은 그만큼 그들의 전력이 뒤처진다는 것을 의미했다.

"아스트롱 공작가를 차지하려고 하는 두 가문이 서로 맞붙는다면 시일이 더 늦어질 수 있겠지만 그들도 바보가 아닌지라 의도적으로 피하면서 아스트롱 공작가의 세력을 집어삼키고 있습니다. 아마 완벽하게 그 세력을 집어삼킨 뒤, 자웅을 겨룰 것입니다."

"그럼 시간이 없다는 뜻이군."

"예, 멸망하기까지 시간이 없습니다만, 주군, 설마?"

말을 하던 제이론은 티엘이 무슨 생각을 하는지 눈치채고는 경악한 표정을 지었다.

"설마가 맞다. 아이주 지방으로 출병하기 위해 군을 준비해 놨겠지? 그들을 이끌고 아스트롱 공작가로 진군할 것이다."

"라이오너 후작가와 위클린 공작가, 두 곳과 모두 적대하실 생각입니까?"

"필요하다면 얼마든지. 내가 그들과 적대하지 못할 이유라도 있나?"

"아닙니다. 오히려 그들이 두려움에 떨어야 할 것입니다."

절대강자인 티엘은 적에게 자비를 베풀지 않는 인물로 악명이 높았다.

게카스 백작의 십만 대군도, 카젤 국왕의 용병들도 모두 그의 검 앞에서 맥없이 고꾸라졌다.

그가 군을 이끌고 칼을 세운다면 한 지방의 패자인 두 가문이라고 해도 견뎌내지 못할 것이다.

"크레티아 공녀님과 관련이 있는 것입니까?"

"내게 도움을 요청하더군. 눈물로 간절히 요청하기에 그 제안을 받아들이기로 결정했다."

"아스트롱 공작은 공명정대하기로 이름 높은 인물이기에 우방으로 삼는다면 두고두고 도움을 받을 수 있을 것입니다."

그 외에 라이오너 후작가, 위클린 공작가라는 두 강대한 가문을 견제할 수 있는 요충지 역할을 맡게 될 것이다. 아스트롱 공작가의 존재는 로운 백작가에게 여러모로 도움이 될 수 있는 곳이었다.

티엘은 입꼬리를 말아 올렸다.

"크레티아가 그에 상응하는 대가를 제공하기로 했기에 도움을 주는 것뿐이다. 그러한 요소는 나중에 얻는 부수적인 요소에 불과하지."

"상응하는 대가라면?"

"튼튼한 후계자를 낳아주겠다고 하더군."

"푸흡! 예, 예에?"

차를 마시며 입가심을 하던 제이론은 티엘의 말을 듣는 순간 평정심이 깨지는 것을 느끼며 입안에 있던 것을 쏟아내고 말았다. 조용히 대화를 듣고 있던 켄드와 토릭슨도 황당함이 담긴 눈으로 그를 바라보고 있었다.

"필요한 모든 요소를 충족시켰으니 이제 어머니의 바람을 이루어드려야겠지. 로웰린도, 크레티아도 내 여인으로 만들 것이다. 그리고 너희가 한목소리로 외치던 후계자를 듬뿍 안겨다 주지. 그러니 알아서 잘 키워서 영지의 미래를 대비하도록."

"……"

무책임한 어조로 후계자 대량생산을 선언한 티엘을 모두

황망한 눈으로 바라볼 뿐이었다.

"제이론."

"예! 주군!"

"이번 클루스 지방 원정에 널 데려가겠다. 토릭슨 너는 아이주 지방을 점령하는 데 전력을 기울이도록."

"최선을 다하겠습니다."

어느새 황당한 감정을 지워 버린 두 사람은 고개를 깊이 숙이며 힘차게 외쳤다.

티엘은 켄드를 바라보며 그가 할 수 있는 명령을 내렸다.

"정보부에서 전해지는 정보를 지속적으로 취합하여 군의 움직임을 조율하도록. 토릭슨과 제이론이 자리를 비운 만큼 역량을 보이도록 해라."

"예."

"그럼 곧바로 떠나면 되겠군."

지금 이 순간에도 두 가문이 맹렬한 기세로 아스트롱 공작가를 공격하는 중이었다.

크레티아와 약속을 지키고자, 티엘은 최단기간에 걸쳐 삼만의 군대 편제를 마치고 클루스 지방을 향해 진격하기 시작했다.

빠르게 편성된 삼만의 군대는 지체하지 않고 북상을 시작했다.

그들 중 상당수는 과거 게카스 백작이 이끌던 병사였는데, 잘 훈련된 정예병이었던 그들의 합세는 로운 백작가의 군세가 크게 불어날 수 있게 하였다.

허튼 시간 소모 없이 빠른 속도로 진군을 거듭한 티엘은 강을 건너 셰어드 요새에 들어설 수 있었다.

그곳에서 마블론과 합류한 뒤, 약 일주일여의 여정을 거쳐 무사히 아스트롱 공작령 안으로 들어설 수 있었다.

그동안 아스트롱 공작가에서는 치열한 전투가 연일 벌어지고 있었다.

하지만 크레티아에게 지원군이 파병된다는 것을 알게 된 아스트롱 공작은 부상을 입은 몸임에도 적극적인 독려에 나서 힘을 얻은 병사들이 가까스로 위클린 공작가의 공격에서 버텨낼 수 있었다.

와아아아아아!

로운 백작가의 지원군이 등장하는 순간 아스트롱 공작군은 함성을 질렀다. 그것은 짙은 안도가 담긴 함성이었다.

위클린 공작가의 군대는 티엘이 인근에 위치했다는 말을 듣기 무섭게 철수한 직후였다.

티엘은 병사들의 열렬한 환호를 받으면서 성안으로 들어설 수 있었다. 연이은 전투로 처참하기 그지없었지만 살아남았다는 안도가 그들의 안색을 밝게 해주었다.

부상을 입었지만 아스트롱 공작은 직접 나서서 티엘을 맞이하였다.

내상을 입었는지 얼굴이 하얗게 질린 그는 당장에라도 쓰러질 것처럼 위태로웠지만 어렵게 몸을 지탱한 채 인사를 건넸다.

"처음 뵙겠소이다, 아스트롱 공작이라고 하오."

"…로운 백작입니다."

어렵게 말을 하는 티엘이었다. 예전이라면 거침없이 반말을 했을 그였지만 크레티아의 아버지란 점이 그로 하여금 묘한 느낌을 받게 하였다.

혼인을 하면 사사로이 그는 장인이 되는 것인데, 차마 윗사람에게 거침없이 반말을 구사할 수 없었다.

"덕분에 위기를 벗어나게 되었소. 다른 모든 이들을 대표하여 감사의 인사를 드리는 바요."

"제가 이곳에 온 이상 적의 위협은 걱정할 필요는 없습니다."

"허허, 믿음직하군. 로운 백작의 무위는 익히 들은 바이니 걱정 같은 것은 하지 않소. 그나저나 크레티아는 잘 지내고 있소?"

"잘 지내고 있습니다."

"다행이오."

딸이 무사하다는 말에 아스트롱 공작은 미소를 지었다. 크레티아가 로운 백작령으로 떠난 뒤 아무런 소식도 없어 그와 관계를 진전시키는 데 실패했다는 것을 알아차릴 수 없었다.

그럼에도 가문으로 불러들이지 못한 것은 오늘처럼 위기에 처할 수 있다는 감각이 전해지고 있었기 때문이다.

결국 그 예상이 맞아떨어졌지만 예상했던 것보다 라이오너 후작가나 위클린 공작가의 공세가 훨씬 강렬하여 정신을 차리기 힘들 정도였다.

"자세한 연유를 듣고 싶습니다만."

"후우! 세상에 알려지길 라이오너 후작가나 위클린 공작가가 본가를 노리는 것은 중간 접경지대를 차지하기 위함이라고 알려졌지만 사실은 그렇지가 않네."

"그럼?"

"더 큰 것을 노리고 있지. 바로 얼마 전 발견된 보석 광산 때문이라네."

그것을 시작으로 아스트롱 공작의 긴 이야기가 시작되었다.

여느 때처럼 광산 채굴을 하던 중, 광산을 발견하게 되었고, 그곳에서 값진 보석이 엄청난 양으로 묻혀 있다는 걸 알게 되었다는 것이다.

처음에는 기뻐했지만 힘이 없는 자의 보물은 곧 약탈 대상이 되는 법.

그 소식이 퍼져 감에 따라 라이오너 후작가와 위클린 공작가가 본격적으로 실력 행사에 나선 것이다.

아스트롱 공작가는 어떻게든 소문을 은폐하고 두 가문의 침공을 막아내려고 했지만 이미 믿을 만한 정보를 얻어낸 그들이 순순히 군사를 뒤로 물릴 리 없었다.

그것이 쌓이고 쌓여 오늘의 전투가 벌어진 것이었다.

이야기를 모두 들은 티엘은 턱을 매만지면서 깊은 생각에 빠져들었다.

"일개 보석 광산에 달려드는 두 가문이라……."

그러면서 그의 시선은 아스트롱 공작을 향하고 있었다.

쓴웃음을 지은 그는 고개를 끄덕이면서 숨겨둔 사실을 꺼내 들었다.

"속이는 것이 불가능하군. 보석 광산에는 마나석이 있어 그렇소."

"마나석. 그래서 그랬던 것이군."

티엘은 눈을 빛내며 납득한 듯 고개를 끄덕였다.

마나석이 존재하는 보석 광산이라면 두 가문이 적극적으로 움직인 이유가 설명되는 것이다.

'전생에서 위클린 공작가의 전력이 갑자기 증가했던 적이

있지. 그것이 마나석 때문이었군.'

전생에서 위클린 공작가는 아스트롱 공작가를 병합한 뒤, 정식으로 왕국을 선포하게 되는데, 그 전력은 가히 공포스러울 정도로 막강했다.

당시에 제이론은 위클린 공작의 신임을 받아 재상직을 맡으면서 왕국의 기초를 닦았다.

늘 제국의 변방 취급을 받던 그들의 역습이 어떤 연유에서 시작된 것인지 알지 못했던 티엘은 그 비밀이 마나석에 숨어 있음을 알았다.

마나석은 광석 자체에 마나를 품고 있는 것을 말한다.

그것은 오랜 세월 동안 마나가 축적되어 있는데, 잘 정제하여 검에 장착할 수 있다면 마나 효율을 높인 명검을 생산할 수 있게 된다.

위클린 공작가는 이것을 적극적으로 활용하여 당시에 다수의 마스터 급 검사를 탄생시킬 수 있었다.

"마나석이 탐나시오?"

"그다지. 그런 것은 더 이상 필요 없으니까."

"그렇지, 허허! 겉모습만 보면 절대강자라는 것이 전혀 느껴지지 않아서 그랬소. 실례를 저질렀소."

"천만의 말씀."

사과하는 그의 행동에 티엘은 조용히 고개를 저어 보였다.

어느 순간 말이 짧아지고 있는 자신의 모습이 느껴졌지만 그 부분에 대해 굳이 제지를 하지 않았다.

어차피 이것이 자연스러운 모습이고, 아스트롱 공작에게 어떠한 모습을 보인다 한들 결과는 달라지지 않을 거란 확신이 있기에 그렇다.

"그나저나 내상이 심해 보이는데……."

"허허, 적의 암습을 맞이해서 그렇소."

사연이 있는 듯 입가에 쓴웃음을 짓는 아스트롱 공작이었다.

그것이 무엇인지 대충 짐작이 갔기에 품속에서 포션을 꺼내 들어 내밀었다. 붉은빛이 감도는 포션을 본 아스트롱 공작의 눈이 커졌다.

"이건 최고급 포션……."

"내상도 나을 수 있으니 복용하시길."

"이거 너무 신세를 끼치는 것 같아서."

"예물이라고 생각하면 간단할 것 같습니다."

"예물이라, 아주 비싼 예물이로군. 그럼 거절하지는 않겠소."

지금 자리에 앉아 있는 것만으로도 초인적인 인내심을 발휘하고 있는 것이기에 아스트롱 공작은 사양하지 않고 포션을 복용했다.

목을 타고 넘어가는 양이 많아짐에 따라 그의 혈색이 차츰 밝아지기 시작했다. 그리고 포션을 전부 다 복용했을 때 넘치는 열기를 참지 못하고 그대로 정신을 잃고 말았다.

"이 정도면 신세 끼친 것을 갚은 것인가."

굳이 신세랄 것도 없다. 다만 남의 가문 귀한 딸을 데려오는 만큼 해야 할 도리에 대해서 생각을 하게 되었고, 아껴두었던 최고급 포션을 내밀었을 뿐이다.

호위를 서고 있는 기사를 불러 지금 상태에 대해 설명을 마친 티엘은 자리에서 일어났다.

적은 잠시 물러났을 뿐, 언제든지 다시 공격해 올 가능성이 높았다.

"위클린 공작가라, 그리고 보니 마음에 들지 않았지."

전생에 로운 백작가를 점령하고 자신의 가족들에게 불행을 안긴 존재.

위클린 공작을 떠올린 티엘의 입꼬리가 말려 올라가기 시작했다.

그의 두 눈에서 섬뜩한 안광이 뿜어지고 있었다.

티엘의 합류는 위클린 공작가에게 있어 청천벽력과도 같았다.

표정을 굳힌 위클린 공작은 헤수스 남작을 바라보며 물었다.

"대책은?"

"진행 중에 있습니다. 하지만 워낙 마이페이스한 인물이라서 설득할 수 있는 여부에 대해서는 불투명한 상태입니다."

"좋지 않군, 갑작스러운 변수의 등장은."

카젤 국왕을 이용하여 헤인조 지방을 쑥대밭으로 만든 뒤 점령하려던 작전이 실패하고 도리어 티엘의 이름을 높여주는 결과를 낳았다.

아직까지 헤인조 지방에 미련을 버리지 않았던 위클린 공작은 미간을 찌푸렸다.

헤수스 백작이 위클린 공작의 불안감을 진정시키고 나섰다.

"하지만 그것만으로도 큰 반향을 일으키게 될 것입니다. 아울러 아스트롱 공작가의 전의를 꺾을 수 있는 만큼 보석 광산을 손에 넣는 것은 시간문제라고 생각됩니다."

"보석 광산의 위치를 알아냈나?"

"아직 알아내지 못했습니다. 믿을 만한 정보통에 의하면 아스트롱 공작령 안에 있다는 것을 알게 되었습니다."

"좋으나 싫으나 저곳을 점령하는 수밖에 없군."

방금 전까지 함락시킬 수 있는 아스트롱 공작가였지만 지금은 난공불락 요새 그 자체였다.

대륙에 단 아홉 명뿐인 절대강자가 저 안에 있는 이상 언감생심 꿈도 꾸지 못했다.

"예, 하지만 로운 백작이 합류한 이상 시간이 필요합니다."

"최대한 설득 작업에 착수하도록."

"최선을 다하겠습니다."

고개를 깊게 숙이면서 힘차게 외치는 헤수스 남작이었다.

그 모습을 물끄러미 바라보던 위클린 공작이 중얼거렸다.

"얼마 남지 않았다. 마나석을 손에 넣고 제련할 수만 있으면, 제국의 패권은 내 손에 들어오게 될 것이다."

그의 두 눈이 야망이 불타오르고 있었다.

"......"

아스트롱 공작가의 장남인 오비에른은 한쪽에 몰려든 사람들을 보면서 인생무상이 무엇인지 느끼게 되었다.

티엘의 합류 이후, 최상급 포션의 효능을 바탕으로 병상에서 일어설 수 있게 된 그는 가문이 한 차례 위기를 넘겼다는 사실에 안도감을 표했다.

하지만 그 감정은 오래 이어지지 않았는데, 티엘의 합류를 기념하기 위해 개최한 파티에서 그동안 자신 주변에 득실거리던 인물 대부분이 티엘에게 몰려드는 현상이 발생했던 것이다.

제국의 유일한 이십대 절대강자!

혜인조 지방의 지배자!

갖가지 수식어가 티엘을 설명했고, 십만이 넘는 대군을 동원할 수 있는 그의 힘은 기울어진 아스트롱 공작가와 대비되는 것이었다.

아스트롱 공작가의 장남이 되어 부족함 없이 자란 오비에른이었지만 현재 상황이 얼마나 힘을 중요로 여기는지 알게 해주었다.

귀찮은 기색을 한 채 사람들을 상대하는 티엘을 하염없이 쫓던 오비에른은 뒤에서 들려오는 목소리에 움찔 몸을 떨었다.

"세상이란 것이 저런 것이다."

"아버님! 괜찮으십니까?"

"괜찮다. 그나저나 병상에서 일어서자마자 느끼는 것이 많을 것이다."

"…예."

"솔직한 감정을 물어봐도 되겠느냐?"

그 물음에 잠시 망설이던 오비에른이었지만 길게 고민하지 않고 지금 가슴속에서 느껴지는 감정을 솔직하게 고백했다.

"이러면 안 되지만 분합니다. 제가 갖고 있던 것을 빼앗긴 느낌입니다."

"네 말이 맞다. 그것은 비단 너뿐만이 아니다. 나 또한 네가 느끼는 감정을 느끼고 있다."

"아버님마저?"

놀란 기색이 역력한 오비에른의 표정에 아스트롱 공작의 입에 쓴웃음이 맺혔다.

"저들은 표면적으로 티엘과 친분을 다지려고 하지만 그 밑에 깔린 저의는 이곳 클루스 지방을 점령하여 자신들을 지켜 주길 바라는 것이다."

"저들이 어찌!"

그동안 베풀어준 은혜를 원수로 갚으려는 행동에 오비에른은 치밀어 오르는 분노를 참지 못하고 얼굴을 붉혔다.

하지만 아스트롱 공작은 담담한 표정으로 차분하게 설명을 이어나갔다.

"난세란 그런 것이다. 힘이 없으면 언제든지 짐짝처럼 버려질 수 있는 시기. 살아남기 위해서는 얼굴에 철판을 깔고 강자의 눈에 들어야 하는 것이 지금 이 난세다."

"……"

"오비에른."

"예, 아버님."

차분하게 가라앉은 아스트롱 공작을 보며 오비에른도 마음을 다스렸다. 분노에 휩쓸려 행동을 그르치기에는 지금 처한 상황이 너무 좋지 못했다.

"분노할 이유도, 질투할 이유도 없다. 로운 백작은 나의 딸이자 너의 여동생인 크레티아와 혼인을 올릴 것이고, 그가 지닌 영향력은 우리의 든든한 장벽이 되어줄 것이다. 이용할 수 있는 것은 모두 이용하고, 마음으로 대함으로써 상대에게 빚을 지워 두어라. 그것이 이 난세에서 살아남을 수 있는 길이다."

"어렵습니다. 납득하기도 힘듭니다. 하지만 한 가지만큼은 분명합니다. 아버님께서 이렇게 말씀하시는 것은 모두 가문을 위한 길이란 것을. 제 말이 틀립니까?"

"모두 맞다."

아스트롱 공작의 입에, 오비에른의 입에 미소가 맺혔다.

'다 컸구나.'

언제나 불안했던 아들이었지만 속고 속이는 난세 속에서 한 번 데인 이후, 정신을 차린 듯했다.

새 술은 새 부대에 담아야 하는 것처럼 오비에른은 자신의 껍질을 깨고 더 넓은 세상을 향해 나아갈 준비를 하고 있었다.

아스트롱 공작은 자신의 존재가 더 이상 가문에 이득이 될 수 없음을 눈치챘다.

'나도 이제 물러날 때가 되었군.'

하지만 당장은 아니었다. 아스트롱 공작가는 혼란에 휩싸여 있었고, 그것을 수습하기 위해서 구심점이 흔들리는 모습을 보여서는 안 되었다.

마음을 다잡은 아스트롱 공작은 귀찮은 기색이 역력해 보이는 티엘을 바라보았다.

저절로 권력이 모여들고 있음에도 그것을 단지 귀찮은 짐으로 생각하고 있었다.

권력에 집착하지 않는 모습이 마음에 들었고, 속내를 숨기고 다른 꿍꿍이를 품고 있지 않은 솔직한 면 또한 마음에 들었다.

그러다 불쑥 한 가닥 불안함이 머릿속을 스치고 지나갔다.

'설마 크레티아에게 저렇게 대하는 것은 아니겠지.'

불안한 생각이 머릿속을 스쳤지만 이내 사라졌다.

설마하니 제국 사대 미녀에 들 정도로 아름다운 자신의 딸에게 그럴 거냐 싶으면서.

만약 그랬고, 앞으로도 그럴 것이라는 걸 알았다면 체면을 집어던지고 대결을 신청했을 아스트롱 공작이었지만 진실을 몰랐기에 모든 것을 긍정적으로 넘겨두었다.

위클린 공작의 가신이자 대외적인 외교 활동을 맡고 있는 하라스 자작은 눈앞의 인물이 시선을 두는 것만으로도 온몸이 떨려오는 것을 느꼈다.

그것이 단순한 착각이라 여기고 싶었지만 그를 수식하는 모든 단어들은 일반적인 개념과 궤를 달리하는 것들이었다.

"그래서, 아스트롱 공작가를 공격하는 데 힘을 보태달라는 건가."

"그, 그렇습니다."

"내가 무슨 이유로?"

"그야 더 넓은 영토를 보유할 수 있고, 그곳에서 나오는 세금이 더 풍족한 삶을 누릴 수 있습니다."

하라스 자작의 말에 눈앞의 괴물, 클레디오 백작은 살짝 입꼬리를 말아 올렸다. 그것 하나만으로 그의 몸은 사시나무 떨리는 것처럼 거세게 떨려오고 있었다.

"그걸 원했다면 황도를 떠났을 것 같나?"

"그, 그건……."

"귀찮군."

짧은 말과 함께 클레디오 백작이 자리에서 일어서고, 심복인 카르딘 남작이 하라스 자작이 더 이상 귀찮게 만들지 못하도록 축객령을 내리려 할 때였다.

그는 미리 준비해 온 말을 꺼내 들었다.

"배, 백작님께서는 로운 백작에게 아무런 느낌도 없으신 것입니까?"

"…누구?"

자리에서 멈춰 선 클레디오 백작의 시선이 하라스 자작에게 향했다. 그는 당장 집어삼켜질 것 같았지만 필사적으로 참아내며 말을 이어나갔다.

"로, 로운 백작입니다."

"싸구려 도발이지만 흥미가 생기는군. 자세히 말해보도록."

"…제 주군께서 백작님에게 이것부터 전하라고 하셨습니다."

하라스 자작의 눈짓으로 대기하고 있던 기사가 한 자루의 검을 건네자, 그것을 받아든 클레디오 백작이 입가에 미소를 지었다.

"마나석으로 만든 검이로군."

"그렇습니다. 주군께서는 백작님이 로운 백작보다 더 뛰어난 반열에 올라섰음에도 동급의 반열로 평가받는 것이 언제나 아쉽다고 하셨습니다."

"그러니 아스트롱 공작가로 향해서 그 실력을 증명해 달라는 건가? 싸구려 도발이군."

뒷말을 끊어 중얼거리는 클레디오 백작을 보며 하라스 자작은 사색이 되었다.

그 누가 이 위험한 남자를 검밖에 모르는 사람이라고 했단 말인가. 위클린 공작의 속내를 꿰뚫어 본 클레디오 백작 또한 보통 감각을 지닌 인물이 아니었다.

"그, 그건……."

"값비싼 선물을 받았으니 그 값을 하라는 계산도 깔려 있어. 재미있군, 위클린 공작. 이런 싸구려 공세로 날 움직이려고 했다는 건가."

"……."

하라스 자작은 모든 것을 포기하고 말았다. 위클린 공작의 술수를 모조리 간파했으니 그 비싼 자존심을 건드린 대가를 치러야 하는 것이다.

모든 것을 포기한 그에게 어떠한 음성이 들려오지 않았다.

의아한 마음에 클레디오 백작을 바라보니 입가에 미소를 지은 그가 말했다.

"안 그래도 궁금했지. 내 검이 어느 정도 수준에 도달해 있는지를. 그것을 시험해 볼 상대로 더없이 적합하고, 딱 맞는 시기로군. 내 역할은 어디까지나 로운 백작을 상대하는 것으로 한정한다. 여기에 이의가 있나?"

"이의가 있을 리 있겠습니까! 제 주군께서도 기뻐하실 겁

니다."

"좋다, 위클린 공작의 제안을 받아들이지. 내 검으로 로운 백작을 상대할 것이다."

"감사합니다! 서로에게 큰 이득이 되어 돌아올 것입니다."

티엘을 상대하기 위한 위클린 공작의 클레디오 백작 포섭은 새로운 국면으로 다가오고 있었다.

"기대가 되는군."

검을 맞댈 순간을 기다리며 클레디오 백작의 눈이 빛을 발했다.

『레드 크로니클』6권에 계속…

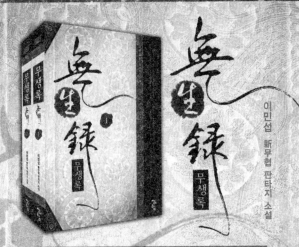

FUSION FANTASTIC STORY
천성민 장편 소설

짐승의 규칙

『무결도왕』 『다크로드 블리츠』
천성민 작가의 신간!

짐승의 규칙

살아야만 했다.
나를 위해 희생당한 부모님을 위해.
복수를 위해.

죽여야만 했다.
내가 살기 위해 타인의 목숨을.

그렇게……
나는 짐승이 되었다.

Book Publishing CHUNGEORAM

유행이 아닌 자유추구 -
WWW. chungeoram.com

FANTASTIC ORIENTAL HEROES

도 검 新무협 판타지 소설

新刀無記

패도무혼

최대 장르문학 사이트 문피아,
최단기간 100만 조회수 돌파!
전체 선호자 베스트! 골든베스트 1위!
2013년 하반기 최고의 기대작!

「패도무혼」

정파의 하늘 천하영웅맹의 그림자 흑영대.
그곳에 흑영대 최강의 사내
흑수라 철혼이 있다.

"저들은 뭔가 대단한 착각을 하고 있다.
…개떼는 목숨을 걸어도 개떼일 뿐……."

난 맹수들을 잡아먹는 포식자, 흑수라다.

눈가의 붉은 상흔이 꿈틀거릴 때,
피와 목숨을 아귀처럼 씹어 먹는 괴물
흑수라가 강림한다!

Book Publishing CHUNGEORAM